세상의
이름다움은

세상의
아름다움은

초판 1쇄 인쇄일 2014년 1월 6일
초판 1쇄 발행일 2014년 1월 15일

지은이 한재원
펴낸이 양옥매
그림 윤희정
교정 조준경

펴낸곳 도서출판 책과나무
출판등록 제2012-000376
주소 서울특별시 마포구 월드컵북로 44길 37 천지빌딩 3층
대표전화 02.372.1537 팩스 02.372.1538
이메일 booknamu2007@naver.com
홈페이지 www.booknamu.com
ISBN 978-89-98528-92-8 (03800)

이 도서의 국립중앙도서관 출판시도서목록(CIP)은 서지정보유통지원시스템
홈페이지(http://seoji.nl.go.kr)와 국가자료공동목록시스템(http://www.nl.go.kr/
kolisnet)에서 이용하실 수 있습니다. (CIP제어번호 : CIP2014000237)

한재원의 감성 에세이

세상의 아름다움은

글 · 한재원
그림 · 윤희정

책나무

어느 날이던가 길을 걷다가 우연히 보도블록 틈새로 고개
를 내민 꽃마리를 만났습니다. 하도 작아서 하마터면 밟을 뻔한 연한
하늘색 꽃잎이 햇살을 받아 하늘거렸습니다. 잠시 발걸음을 멈추고
그 작은 몸을 자세히 살펴보았습니다. 초록색 가냘픈 줄기 위에 좁
쌀만 한 꽃들이 수줍은 듯 달려 있고, 다섯 장으로 이루어진 하늘색
꽃잎 중심부에는 보일 듯 말 듯 노란 꽃술이 숨어 있었습니다. 그런
데 꽃마리는 사람들의 발길에 차여 제 몸이 상할지는 아랑곳하지 않
고 웃는 표정으로 고운 햇살을 온몸으로 받아내고 있었습니다. 그래
서 비록 보도블록 틈새일망정 땅의 기운과 충일(充溢)한 햇살과 바람
의 조화 가운데에서 완전한 하나의 생명으로서의 소임(所任)을 다하
는 것처럼 보였습니다.

  생각해보니 그 작은 꽃마리는 자신이 놓인 곳의 청탁(淸濁)을 가리
지도, 더욱더 크고 아름다운 꽃이 되어 뭇 사람들의 시선을 끌려는 욕
심도, 언제라도 누군가의 발길에 짓밟혀 이 세상에서 사라지게 될 것
을 걱정하지도 않는 것 같았습니다. 그저 자신에게 주어진 처소를 하

늘의 부름처럼 받아들이며 놓인 곳의 척박함을 따지지 않고, 어떻게든 제 몸속에 숨어있는 생명의 꽃을 피우려 애쓰다가 기어코 햇살 속으로 나와 자신의 소명(召命)을 다 했다는 듯 환하게 웃는 것입니다.

이 책은 이렇듯 손톱만 한 꽃마리 하나에도 충만하게 깃든 세상의 작은 아름다움들을 찾아 상념의 책갈피에 꽂아두고 싶은 소망의 작은 결실입니다. 그래서 그 아름다움을 통해 온 우주에 미만 해 있는 위대한 하나님의 숨결과 변치 않는 대지의 질서, 그리고 이 땅에 깃들어 살아가는 사람들의 맑은 숨결을 영혼 깊은 곳까지 호흡하여 마침내 일체의 장애가 없는 자유로움에 닿고 싶었습니다.

이탈리아의 철학자였던 마르실리오 피치노(Marsilio Ficino)는 "사랑은 아름다움에 대한 욕망"이라고 말했습니다. 그렇다면 세상의 모든 아름다움을 찾고 싶다는 저의 소망은 결국 사랑에 대한 갈구인 셈입니다. 그러니 세상의 아름다움이 무한(無限)한 것처럼 저의 사랑에 대한 욕망도 끝이 없을 것임을 믿습니다.

이 책을 쓰기까지 제 삶 전체에 풍성한 영감을 주었던 어린 시절의 이야기 하나를 해보려고 합니다. 초등학교 5학년 시절이었습니다. 집안 사정으로 고향을 떠나 지방 소도시에 살았던 기억입니다. 어린아이에게 고향을 잃는다는 것은 마치 나무가 뿌리째 뽑혀 다른 곳으로 던져진다는 것과 같았습니다. 정든 학교와 선생님, 그리고 사랑하는 친구들과 헤어져 낯선 땅에서 지독한 외로움에 떨고 있던 때입니다.

설상가상으로 학교 전학 시기가 맞지 않아 몇 달여를 집에서 조금 떨어진 개울가에서 온종일 물고기를 잡으며 지내던 때가 있었습니다.

흐르는 개울 한가운데에 물고기 잡는 어항(魚缸)을 놓고 물고기가 들기를 기다리며 아무도 없는 개울가 제방에 우두커니 앉아 있을 때 어린 저에게 다가와 말을 걸어 준 고마운 친구들이 있습니다. 그것은 바로 파란 하늘과 뭉게구름, 키 큰 미루나무와 제방에 무수히 피어있던 달맞이꽃들, 지나가는 새들이었습니다. 뿌리를 잃은 외로운 소년에게 이 친구들은 다가와 다정히 말을 걸어주었습니다. 그리고 이 친구들이 소년의 마음속 상처를 부드럽게 어루만져 주었습니다.

개울가 제방에서 보냈던 그 시절, 달맞이꽃과 나무, 새와 하늘과 구름, 잔잔히 흘러가는 개울물과 어항을 들어 올릴 때 퍼덕이는 은빛 물고기떼들이 저에게 아낌없이 주었던 위로에 대한 기억은 언제나 따뜻하고 눈물겹습니다. 슬픔은 아름다움의 다른 이름이기도 해서 슬픔의 끝에서 세상에 깃든 아름다움을 볼 수 있는 안목(眼目)을 가질 수 있게 된 것도 결국 이 유년의 기억 때문일 것입니다.

이 책을 먼저 이 아름다운 세상을 지으신 하나님께 올려드립니다. 그리고 이름을 부르기만 해도 가슴이 아련해지는 사랑하는 아내 김찬주, 두 딸 보현이와 보라에게 부족한 남편과 아빠로서의 사랑을 전하고 싶습니다. 무엇보다 글과 그림을 서로 교환하며 마음으로 치유받고 소통했던 희정이의 아름다운 그림이 없었다면 이 책은 나오지 못했을 것입니다. 그리고 이 고운 그림들이 외로운 이웃을 섬기고 그들에게 사랑을 아낌없이 나누어주는 가운데 그려진 것이기에 더욱 귀하고 감사한 것입니다. 아무쪼록 이 책이 희정이에게 행복한 결혼생활을 위한 선물이 되기 원합니다.

우리의 삶은 혼자의 힘으로 살아가는 것이 아니라 주변 사람들이 베푸는 사랑으로 살아가는 것이라고 말했던 톨스토이의 말처럼 제게는 너무도 고마운 분들이 계십니다. 오랜 세월 겨울나무처럼 늘 같은 자리에서 변함없이 저의 영적 멘토가 되어주시는 정찬숙 권사님, 치유상담의 지평을 열어주신 박애리 교수님, 호산나 성가대원 여러분들과 사랑하는 여러 친구 모두에게 이 자리를 빌려 각별한 존경과 감사의 말씀을 전합니다.

이제 이 작은 책을 세상 밖으로 보냅니다. 민들레 홀씨처럼 꿋꿋하게 멀리 멀리까지 날아가서 하나님이 지으신 이 세상의 아름다움을 전해주기를 기도합니다.

2013년 12월 성탄절에

차 례

01
협궤열차에 관한 보고서

첫눈이 왔습니다. 첫눈을 보면 마치 겨울 바다의 푸른 파도가 밀려들어오는 것처럼 맑고 순결한 기운이 가슴 속으로 잔잔하게 퍼져 옵니다. 우주가 그 심원한 비밀의 문을 잠시 열어 언뜻 그 눈부신 나신(裸身)을 보여 줄 때, 첫눈을 담아내는 사람의 눈매에는 어쩐지 가을 들녘에 서 있는 갈대의 흔들림이 묻어있습니다. 그것은 설렘 혹은 그리움의 다른 이름인지도 모르겠습니다.

언젠가 다섯 살 된 큰 딸아이와 수인선(水仁線) 협궤열차를 타러 간 날도 오늘처럼 첫눈이 하얗게 내렸습니다. 서울에서 수원까지 일부러 협궤열차를 타보겠다고 내려간 것은 윤후명의 장편 《협궤열차에 관한 보고서》를 읽고 나서였는데, 인간 존재의 근원에 대한 천착과 모든 사라져 가는 것들을 아름답게 그려내는 그의 유려한 문체에 크게 감동했기 때문이기도 했고, 수인선 협궤열차가 만성적자에 시달리다 곧 영원히 이 땅에서 사라질 것이라는 신문 보도를 접한 연유였습니다.

협궤열차는 보통 열차보다 폭이 좁아서 일자로 된 객차에 앉으면 마주 앉은 사람의 무릎이 서로 닿을 정도로 작고 좁은 기차입니다. 식민지 시대 서해안의 소금을 징발하는 교통수단으로 쓰였다는 수인선 협궤열차는 하루에 단 세 번만 운행되었습니다. 수원역에 도착하여 역사(驛舍) 한쪽 편에 장난감처럼 서 있는 협궤열차를 보고 딸아이는 "아빠 저 기차는 꼭 오리 같아."라고 신기한 듯 그 작은 입으로 종알거립니다. 열차에 오르자마자 딸아이는 이내 아빠 품에서 잠에 빠

져들었고 창밖에는 하얀 눈발이 흩날리기 시작했습니다.

수원－어천(漁川)－야목(野牧)－사리(四里)－일리(一里)－고잔(古棧)－원곡(元谷)－군자(君子)－달월(達月)－소래(蘇萊)－남동(南洞)－송도

협궤열차가 지나는 간이역들의 이름입니다. 눈이 내리는 겨울의 오후는 금방 어두워졌습니다. 아빠와 함께하는 겨울 협궤열차에 대한 아름다운 추억을 심어주려고 탔던 열차는 그렇게 한참을 아이의 말처럼 오리처럼 뒤뚱거리며 간이역을 지났습니다. 윤후명의 소설 속에는 이혼한 남자 주인공이 초등학생인 딸아이를 만나러 이 협궤열차를 탑니다. 홀로 남겨진 외로운 남자에게 딸아이를 만나러 가는 애잔함과 그리움은 얼마나 컸을까요?

열차가 지나는 간이역의 이름들은 마치 가슴에 묻어 버린 아련한 추억처럼 각기 다른 빛깔과 질감으로 스며들었습니다. 생각해 보면 살아간다는 일은 결국 가슴 속에 작은 등불 하나씩 켰다가 세월이 흘러가면서 조금씩 멀어지고 희미해지는 그 빛을 안타까운 손짓으로 그리워하는 것일지도 모릅니다.

첫눈이 내리면 이제는 사라진 협궤열차가 뒤뚱거리는 모습으로 겨울 들판을 휘돌아 달려오는 모습이 아련히 떠오릅니다.

내 그대 그리운 눈부처되리

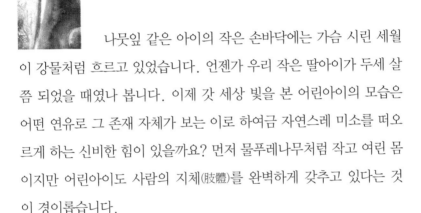

　　나뭇잎 같은 아이의 작은 손바닥에는 가슴 시린 세월이 강물처럼 흐르고 있었습니다. 언젠가 우리 작은 딸아이가 두세 살쯤 되었을 때였나 봅니다. 이제 갓 세상 빛을 본 어린아이의 모습은 어떤 연유로 그 존재 자체가 보는 이로 하여금 자연스레 미소를 떠오르게 하는 신비한 힘이 있을까요? 먼저 물푸레나무처럼 작고 여린 몸이지만 어린아이도 사람의 지체(肢體)를 완벽하게 갖추고 있다는 것이 경이롭습니다.

　　어른 손 한 뼘만 한 작은 어깨, 인형처럼 앙증맞은 팔과 다리, 뒤뚱거리며 걷다가 아빠를 바라보며 빙그레 웃는 얼굴, 다가와 품에 안길 때 맡아지는 아득한 젖 비린 냄새 그리고 아빠의 눈을 바라볼 때 그 까만 눈동자에 비치는 아빠의 형상 ‒ 눈부처! 아이 눈동자 속에 제 얼굴이 아주 작은 형태로 보일 때, 이 온 우주에 편만(遍滿)한 고귀한 '생명의 영원한 이어짐'이 가슴 떨리도록 느껴졌습니다.

15

이 딸아이의 아버지인 나, 나의 아버지, 나의 아버지의 아버지, 나의 아버지의 아버지의 아버지, 나의 아버지의 아버지의 아버지의 아버지……

눈부처를 보고 까마득한 영겁(永劫)의 과거부터 이어져 오는 '생명의 아득한 끈'을 느꼈다면 우연히 펴 보인 아이의 손바닥에 새겨진 '손금'을 보고는 왠지 딸아이가 불쌍해져 눈물이 맺힐 뻔했습니다. 한 사람 운명의 모든 것이 나타나 있다는 손금 줄기가 이렇게 저렇게 지나간 그 작은 손바닥을 보면서 드는 상념(想念).

딸아, 이제 너도 무심히 흘러가는 세월 따라 웃고 울고 기뻐하고 슬퍼하며 이 한 세상을 살아가겠구나. 그래서 먼 훗날 네가 결혼을 하고 자식을 낳고 또 그 어린 자식의 손에 피어오른 손금 줄기를 바라보면서 이 아빠와 똑같은 느낌에 몸을 떨겠지. 그리고 바람처럼 세월은 또 흐르겠지.

아이의 작은 몸을 꼭 껴안습니다. 유한한 생명을 가진 아빠의 사랑이 또 다른 유한한 생명 속으로 따스하게 스며들도록, 그래서 그 사랑이 무한한 우주 속에서 영원히 이어지기를 기도합니다.

나뭇잎 같은 아이의 작은 손바닥에는 가슴 시린 세월이 강물처럼 흐르고 있었습니다.

소쇄원^{瀟灑園} – 영혼으로 부는 바람

미당(未堂) 서정주는 "나를 키운 것은 8할이 바람이었다."라고 어느 시(詩)에서 말했습니다. 바람이란 대기의 소통이요, 순환입니다. 바람은 늘 우리들의 가슴과 영혼을 청량한 기운으로 채워, 마침내 우리 마음의 심연 – 그 깊은 곳까지 다다르는 신비한 기운의 흐름이 됩니다. 하여 바람을 맞는다는 것은 세상사에 흐려진 우리의 갈급한 영혼 위로 한줄기 시원한 소낙비가 내린다는 말과 같습니다.

전라남도 담양 소쇄원(瀟灑園)엘 갔습니다. 계절이 바뀌고 미풍과 함께 봄은 왔지만 늘 집과 일터를 왔다 갔다 하면서 머릿속에 켜켜이 쌓여만 가고 있던 타성과 선입견과 고정관념의 굴레를 벗고 싶다는 생각이 들 때마다 바람에 서걱대는 담양 소쇄원의 대숲이 그리웠었습니다.

집을 떠나 5시간여만에 소쇄원에 도착했습니다. 평일이라서 막히는 길은 아니었지만, 향기로운 아랫녘의 고요한 풍광에 눈을 뗄 수 없었던 이유가 더 컸습니다. 스승 조광조의 죽음 앞에 모든 것을 체념하고 귀거래 하여 이 소쇄원을 짓고 칩거하였다는 양산보의 그 대나무처럼 올곧은 지조와 절개가 서려 있는 곳이긴 하지만, 제게는 무엇보다 그 격조 있는 고요함 속에 하늘을 가린 대나무 숲이 바람이 불 때마다 '쏴 사르르 쏴 사르르…….'하는 그 소리가 좋았습니다.

아주 한참 동안을 대나무 숲에 서서 아무 생각도 없이 눈을 감고 대나무 잎들이 바람에 서로 부딪치는 소리에 몸을 맡기고 나니, 어느새 제 영혼 속으로 대나무 이파리들의 그 푸른 기운이 수액처럼 빨려 들어가 의식의 마디마다 켜켜이 쌓여 있던 묶은 때들이 벗겨져 나가고 있었습니다. "언제나 이런 바람 소리를 들으며 내 영혼을 날마다 빗질하며 정결하게 살 수는 없을까? 이런저런 주의(主義)나 관념에 얽매이지 않고 새처럼 자유로운 정신으로 맑고 유장하게 살아갈 수는 없을까? 그리하여 이 땅에서의 짧은 삶을 마감하는 날 저 대나무의 몸짓처럼 곱고 순전한 미소를 머금은 채 하늘로 돌아갈 수는 없을까?

당일 일정으로 다시 길을 되짚어 집으로 돌아오는 어스름의 길녘, 프랑스의 대시인이었던 '폴 발레리'의 시구가 가슴을 파고들었습니다.

"바람이 분다. 살아야겠다. (Le vent se lève! il faut tenter de vivre!)"

사평역에서

언젠가 청량리에서 중앙선 완행 기차를 타고 가다가 무슨 일 때문인지 기차가 덕소–팔당–양수를 지나 '국수(菊秀)'라는 작은 간이역에 멈춘 후 거의 한 시간여를 꼼짝 않고 정차한 적이 있었습니다. 기차가 상당 시간 연착된다는 안내방송을 듣고 사람들은 하나둘 기차에서 내렸습니다. 어떤 사람은 철로 변에 무성히 피어 있던 코스모스를 바라보며 무심한 얼굴로 담배를 피우기도 하고, 어떤 이는 성냥갑만 한 작은 역사(驛舍) 앞에 서서 저 멀리 앞쪽으로 흘러가는 남한강 쪽을 아련한 눈빛으로 바라보기도 했습니다.

계절은 가을의 한복판이었고, 혼자 떠나왔기에 이별 없이 간이역 작은 마당에 선다는 것은 분명 행복한 일이었을까요? 기차는 우리의 삶을 죄고 있는 냉정한 운명이라는 굴레와 닮아 있어서, 정해진 시간이 되면 기차는 영원히 만날 수 없이 마주 보고 뻗어 나간 철로를 한 치의 오차도 없이 가야 함이며, 때론 중간에 내리는 사람들의 아련한

뒷모습이나 혹은 기차 안에 남은 자들의 그리운 눈빛이 차창에 어리는 슬픔의 순간을 어떻게든 견뎌내야 한다는 점에서 말입니다.

이제는 세월이 흘러 그때 철길 침목에서 맡아지던 콜타르 냄새나 작은 간이역 하늘 위로 무심히 흘러가던 구름이나, 철로 변에 흐드러지게 피어 있던 코스모스들이 가을바람에 한들거리던 풍경이나, 은행나무 하나 홀로 서 있던 간이역 앞마당에 불어오던 강바람이나, 역 앞에 말없이 흘러가던 남한강 건너편 쪽으로 보이는 높은 산줄기들이 자아내던 그 정체 모를 슬픔에 대한 기억, 이 모든 것들이 세상의 무거운 짐을 잠시 내려놓고 싶은 순간마다 문득문득 그리워집니다. 그래서 어떤 이는 간이역을 '삶의 쉼표'라고 노래했던 것일까요?

밤에 자동차로 춘천이나 양수리를 다녀올 때면 늘 중앙선 철로 변의 작은 간이역을 유심히 살펴보게 되었는데, 가끔 운이 좋을 때는 사방이 컴컴한 밤을 가르며 달려가는 기차를 만나기도 합니다. 그리고 그렇게 밤 기차를 만날 때마다 밤 기차를 사랑했던 시인 곽재구의 〈사평역에서〉가 가슴 깊은 곳으로부터 낮은 목소리로 들려옵니다.

사평역은 실재하지 않는 가상의 역이지만 '살아가는 일이 때론 술에 취한 듯, 한 두름의 굴비, 한 광주리의 사과를 만지작거리며 귀향해야 하는 기분으로 침묵하는 일'이라면 우리는 모두 어느 먼 나라의 영원한 역을 향해 가는 나그네인지도 모릅니다. 그래서 단풍잎 같은 몇 잎의 차창을 달고 밤을 달려가는 밤 기차를 보면, 아득히 지나온 삶의 들녘을 뒤돌아보며 그리웠던 순간들을 위해 한 줌의 따뜻한 눈물을 흘려주고 싶은 것입니다.

그리웠던 순간들을 호명하며…….

오지 않을 그대를 기다리며

　　가을이 오면 제겐 이루고 싶은 세 가지 꿈들이 슬며시 고개를 쳐듭니다. 그 꿈들이란 우선 언젠가 이 세상에서의 짧은 여행을 마치고 하늘로 돌아가는 날이 가을이었으면 하는 바람입니다. 그것도 깊은 가을이어서 창밖으로 노란 은행잎들이 수줍은 듯 가만히 마당으로 떨어지고, 붉은 단풍나무 가지들이 파란 하늘가로 너울대는 때였으면 좋겠습니다. 그것은 바로 떨어진 낙엽들이 제 몸을 온전히 대지에 맡겨 새로운 생명을 잉태하게 하는 이 아득한 우주의 신비로운 섭리에 순응하는 의식(儀式)처럼 느껴지기 때문입니다.

　　두 번째 꿈은 세월이 꿈같이 흘러 머리가 희끗희끗한 노인이 되어 어느 한적한 시골 간이역의 역장(驛長)이 되고 싶다는 소망입니다. 코스모스가 그리움처럼 한들대는 작은 역사 철로 변에 서서, 기차에서 내리는 사람들의 지친 어깨 위나 차창에 기대어 조는 듯 망연히 앉아 있다가 다시 구름처럼 어딘가를 향해 흘러가는 사람들에게 따뜻한

25

한 줌의 눈길을 보내주거나, 시골 역에 이른 해가 지고 별들이 꽃잎처럼 밤하늘에 돋아나는 밤이 되면 고요함의 한가운데 누워 멀리서 아련히 들려오는 기적 소리를 듣고 싶은 꿈입니다.

가을이 되어 제가 꿈꾸는 세 번째 일은 노란 은행잎들이 금처럼 빛나는 가을날 오후, 은행나무 그늘 가를 서성이며 누군가를 하염없이 기다리고 싶은 바람입니다. 나이를 점점 먹어 살아온 날들을 뒤돌아보니 삶이란 결국 끊임없는 기다림인 것만 같습니다. 어떤 때는 더디 오는 그 사람, 그 꿈, 그 소망에 대해 조바심치며, 기다림은 가혹한 형벌이라고 느껴지기도 했지만, 가만 생각해 보니 기다림은 우리의 내면과 영혼을 키워 온 자양분이라는 생각이 듭니다.

때론 전혀 오지 않을 대상을 부질없이 기다린 적도 있었지요. 하지만 황지우의 시처럼 네가 오기로 한 그 자리에서 내게 다가오는 모든 발걸음 소리에 가슴이 쿵쿵대고, 바스락거리는 나뭇잎 하나에도 온 신경이 쏠리던 그 기다림의 순간들은 얼마나 황홀하던가요. 누군가를 위해 완전히 나 자신을 비워내었고, 누군가를 위해 가장 헌신적이었으며 또 그 누군가를 위해 가장 이타적이었던, 순수한 사랑의 무지개가 빛나던 아주 드문 시간은 바로 우리가 누군가를 기다리며 그의 발자국 소리일세라 가슴 조이던 순간들이 아니었을지요.

가을이 오면 노란 은행나무 아래서 금빛 같은 바람을 맞으며 누군가를 하염없이 기다리고 싶습니다. 오지 않을 그대를 기다리며.

인연 因緣

춘천에 다녀왔습니다. 무슨 특별한 볼일이 있어서가 아니라, 초여름 신록을 눈에 가득 채우는 호사(豪奢)를 누리고 싶어서 그냥 바람에 구름 가듯이 차를 타고 다녀왔습니다. 춘천은 저에게 늘 따뜻한 호의를 베풀어 주는 도시라서 마치 고향 집을 다녀온 듯 포근하고 따뜻한 여운이 아직도 남아 있습니다. 춘천이 제게 주는 호의란 순전히 지금은 돌아가신 피천득 선생님의, 〈인연〉이라는 수필에서 비롯된 것입니다.

중학교 교과서에 실린 〈인연〉을 처음 읽었던 그 날에 대한 기억은 아직도 생생합니다. 곤고하고 생각 많은 사춘기 무렵을 지나고 있던 제게 이 짧은 수필이 마음속에 던져준 감동은 너무도 컸습니다. 책상머리에 앉아 눈물을 뚝뚝 흘리며 "사랑이란 그 모습이 어떠하든지 아름다운 것이로구나. 슬프도록 아름다운 것이로구나."라는 생각을 굳게 붙들게 되었습니다. 그리고 사람의 마음으로 찾아오는 사랑이라

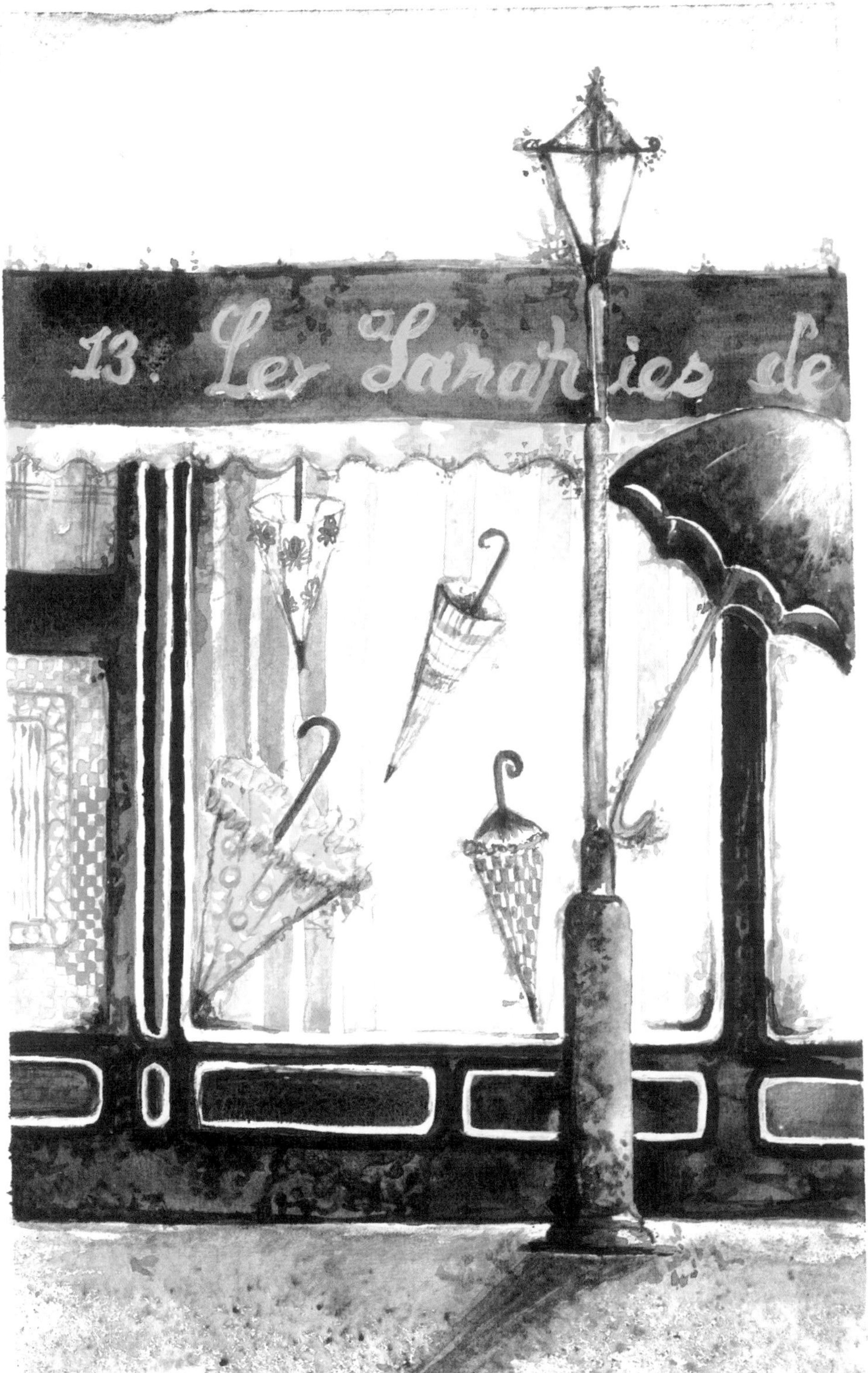
13. Les
de

는 감정을 이토록 아름답게 묘사할 수 있는 것이 문학이라면, 나도 멋진 시인이 되겠다는 꿈을 처음으로 품은 것도 바로 〈인연〉 때문이었습니다.

그날 이후 세상에서 살아간다는 일이 문득 번잡하게 느껴지고, 부대끼는 사람들 사이에서 느끼는 실망감이 몰려올 때마다 책상 한쪽에 놓여있는 〈인연〉을 읽게 되었는데, 이상하게도 책을 읽고 나면 언제나 눈빛이 아련해지면서 따스한 위로와 함께 마음의 내밀(內密)한 평화를 느끼게 됩니다.

수필 〈인연〉을 읽기 전에는 한 번도 가 본 적이 없는 춘천이 평생 생각만 해도 가슴 설레는 곳이 되어 버린 연유가 있었는데, 그것은 다만 수필 속에 나오는 성심여대가 춘천에 있다는 구절 때문이었습니다. 그뿐 아니라 아사코 신장, 쉘부르의 우산, 고운 연두색 우산, 버지니아 울프의 〈세월(The Years)〉, 소양강과 같은 것들은 모두 제가 좋아하고 아끼는 이름들이 되어 버렸습니다. 그것은 마치 어떤 사람을 사랑하게 되면 그 사람이 입는 옷, 먹는 음식, 취미, 그의 말투와 버릇, 하다못해 아침에 부스스한 얼굴로 일어난 모습과 헝클어진 머리칼까지도 좋아하게 되는 것과 비슷합니다.

뮤지컬로 영화화된 〈쉘부르의 우산〉에서 여주인공으로 나오는 '까뜨린느 드뇌부(Catherine Deneuve)'의 고혹적인 눈매, 온 천지에 눈이 쏟아지던 밤, 그렇게 그리던 옛사랑을 먼발치서 바라보며 눈물짓던 그녀의 모습, 우산 가게에 형형색색으로 걸려있던 고운 색 우산들. 대학 시절 중간고사가 끝난 한가로운 봄날 오후 학교 도서관 한쪽 창문 밖으로 그늘 깊은 나뭇잎들이 수런대던 나무그늘 의자에 앉아 읽었던 버지니아 울프의 〈세월〉, 바람 부는 소양강 댐 위에 서서 바라보던 소양강의 아련한 물줄기, 그리고 지나간 청춘, 스러진 사랑, 그리운 추억들…….

〈인연〉에 등장하는 연두색 우산이 아사코의 환유물(換喩物)이라면. 제게 춘천은 추억과 그리움의 다른 이름입니다. 그래서 쉘부르의 우산가게 창에 걸려있던 고운 색깔의 우산들처럼 춘천은 늘 제 기억의 창가에서 어른거리며 때론 가슴 뛰는 청춘의 환희로, 때론 아련한 그리움으로 마음을 적시는 것입니다.

춘천에 다녀온 오늘 – 기억의 강가에 추억처럼 서 있던 춘천이 다시 그리워집니다.

07

기차는 8시에 떠나네

내 마음의 척박한 길 위에 아련함과 그리움의 두 줄기 자국을 선연히 남겼던 영화 〈박하사탕〉 지금도 이 영화를 생각할 때면 세월에 역류하는 이미지의 기차가 미끄러지듯 거꾸로 달려갈 때 나던 덜커덩 소리가 귓가에 들려오는 듯합니다. 〈박하사탕〉에 등장하는 기차는 우리가 쉽게 잊어 가고 있던 순수의 시대로의 회귀를 상징하는 중요한 영화적 장치입니다. 하얀 '박하사탕'이 우리의 때 묻지 않은 순수한 마음결의 메타포(Metaphor)인 것처럼.

사실 이 세상의 온갖 탈것 중에서 기차만큼 여행자에게 심리적 안정감과 여유로운 낭만을 선사하는 것도 없지 싶습니다. 일정한 간격으로 놓인 침목 위 선로를 따라 한 치의 흐트러짐도 없이 정해진 길을 가리라는 절대적인 믿음과 열차의 기분 좋은 흔들림, 그리고 차창 밖으로 펼쳐지는 평화로운 풍경들.

가끔 시골에서 컴컴한 밤을 가쁘게 달려가는 야간열차를 바라볼 때 환한 차창 속에 보이는 꾸벅꾸벅 졸고 있는 사람들의 모습에서 이 세상을 살아가는 우리들의 자화상을 보는듯한 아련한 느낌에 가슴 한 켠이 뭉클해지기도 합니다.

기차는 때론 우리에게 '참을 수 없는 존재와 운명의 무거움'을 주기도 합니다. 언젠가는 우리 각자의 행선지에서 한 번은 내려야 한다는 것, 먼저 내리는 사람들의 쓸쓸한 뒷모습과 남아 있는 사람들의 얼굴이 우리 시야에서 멀어질 때 다가오는 아련한 슬픔도 견뎌야 한다는 것, 무엇보다 약속된 시간이 되면 정확히 기차는 떠난다는 것. 마치 우리에게 다가오고 또 떠나가는 운명의 냉혹한 발걸음처럼.

몇 해 전 일본의 '후루아타 야스오' 감독의 〈철도원〉이라는 영화를 보았을 때도 기차는 운명처럼 우리네 삶에 간여함을 봅니다. 북해도(北海島)의 폐광촌 '호로마이'역을 지키는 늙은 철도원 '오토' – 눈이 하얗게 쌓인 날 17년 만에 얻은 딸(유키코)이 차가운 시신이 되어 돌아오던 날도 또 그의 아내마저 창백한 죽음으로 보내던 날도 눈 내리는 역사(驛舍)를 무심히 지키던 주인공의 쓸쓸한 모습. 죽은 딸 유키코의 환생이라는 신비적인 만남을 통하여 주인공 오토의 삶을 어루만지면서 영화는 끝이 납니다.

미친 듯이 내리는 하얀 눈발 속에 묻혀 버리는 한 가족의 애달픈 사랑과 아무 일도 없었다는 듯이 눈길을 달려가는 기차.

기차는 두렵고 무거운 운명을 닮았습니다.

08

그해 겨울은 따뜻했네

 그때가 언제였던가, 아마 차갑고 낮게 드리워진 잿빛 하늘 밑으로 행인들이 옷깃을 단단히 여미고 황황히 걸어가던 한겨울의 어느 오후였던 것으로 기억합니다. 핍진하고 곤고한 시절의 강(江)을 건너던 70년대 후반 종로 2가 낙원동 거리 모퉁이에서 〈그해 겨울은 따뜻했네〉를 만났습니다.

땅에 얼음이 얼어붙은 낙원동 미끄러운 골목길을 움츠리며 걸어가다가 우연히 만난 전봇대 위의 영화 포스터의 제목이 바로 〈그해 겨울은 따뜻했네〉였습니다. 영화의 내용이 무엇인지도 모르고 단지 이긴 영화 제목만으로도 갑자기 마음이 따뜻해지면서 울컥 가슴이 메어져 왔습니다. 바람에 나부끼는 영화 포스터의 제목만으로도 한 줄기 위로와 마음의 온기를 느낄 수 있다니!

나중에 알게 되었지만, 박완서의 동명 소설을 영화화한 이 영화(이

35

미숙, 유지인 주연)는 당시 이산가족의 아픔과 현대사의 질곡을 감동적으로 그린 작품으로 당시 꽤 인기가 있었던 모양입니다. 아무튼, 감수성 예민하던 시절 그 낙원동 뒷골목에서 만났던 그해 겨울은 지금까지도 제 마음을 따뜻이 데워 주는 기억으로 남아 있습니다.

사실 우리 인간들이 이 세상의 거친 들길을 걸어가면서 만나는 이런저런 어려움과 좌절과 슬픔을 견뎌내게 하는 것은 어떤 거창한 이념이나 주의(主義)가 아닐 거라는 생각이 듭니다. 그저 남에게 건네는 따뜻한 눈빛, 격려와 소망의 몸짓들, 무엇보다 마음에서 우러나오는 사랑의 말 한마디만으로도 우리는 얼마든지 절망과 체념에서 소망과 용기의 두레박을 건져 올릴 수 있습니다. 제가 30여 년 전 낙원동 어느 골목에서 만났던 영화 제목에서 그 '따뜻했네'라는 말 한마디에 얼어 있던 가슴이 녹아내렸던 것처럼 말이지요.

철모를 눌러 쓴 차가운 표정의 군인들에게 '어머니'라는 말을 들려주면 예외 없이 뺨으로 흐르는 굵은 눈물들, 아무리 흉악한 범죄자도 죽을 때는 어머니를 애타게 찾는 모습, 자신의 딸을 강간한 범인을 사랑과 기도로 용서하고 그를 사위로 맞아들여 결국 그 사위가 목사가 되어 사랑의 전도사가 되었다는 가슴 뭉클한 이야기, 길가에 쓰러진 적국의 행인을 구한 선한 사마리아인의 사랑과 온정….

하나님께서 우리 인간들에게 준 가장 소중한 선물이 있다면 그것은 바로 '사랑'이라는 보석이 아닐까요? 러시아의 대문호 '톨스토이'가

《사람은 무엇으로 사는가》라는 소설에서 인류에게 던진 화두(話頭)를 음미하면서 오늘도 깊이 사랑하는 사람이 되고 싶습니다.

> "모든 인간이 살아가고 있는 것은 모두가 각자 자신의 일을 걱정하고 있기 때문이 아니라 그들 속에 사랑이 있기 때문이다. 모두가 자신을 걱정함으로써 살아갈 수 있다고 생각하는 것은 다만 인간들이 그렇게 생각하는 것일 뿐, 사실은 사랑에 의해 살아가는 것이다."

09

안개꽃

며칠 전 꽃집에 갔습니다. 아는 선배의 개업식에 예쁜 꽃이라도 하나 골라 선물할 요량이었지요. 그날따라 꽃집은 손님들로 붐볐지만 40대 초반쯤으로 보이는 여주인의 손길은 조금도 흐트러짐이 없이 단정하고 우아했습니다. 물론 얼굴에는 꽃을 사랑하는 꽃집 주인답게 잔잔한 미소가 피어오르고 있었습니다.

제 차례가 올 때까지 꽃집 한쪽 의자에 앉아 가게 안 풍경을 이리저리 둘러 보았습니다. 형형색색 가지가지 모양의 꽃들이 저마다의 향기를 흘리며 자태를 뽐냈습니다. 꽃을 사러 온 사람들의 표정 또한 한없이 행복해 보입니다. 하긴 그들 모두 바쁜 일상의 번잡은 잠시 잊은 채, 누군가의 기쁜 날을 위해 이 꽃집을 찾았을 터이니까요.

그런데 그 꽃집에 있던 이런저런 꽃 중에서 유독 안개꽃만은 시골에서 갓 올라온 촌색시처럼 부끄러운 듯 꽃집 한쪽에 무더기로 꽂혀

있었습니다. 그리고 손님들이 주문한 꽃들에는 예외 없이, 이 안개꽃이 그 주인공 되는 꽃을 부각하며 은은히 감싸주고 있음을 보게 되었습니다. 붉은 장미, 수선화, 진홍색 시클라멘…. 이 모든 꽃이 수더분한 안개꽃의 도움으로 본래의 아름다움을 마음껏 자랑할 수 있게 된 것이지요.

꽃 자체로는 소박하고 밋밋하지만 다른 꽃들을 돋보이게 해주는 그 희생적 역할에 새삼 안개꽃의 진정한 아름다움을 볼 수 있었습니다. 누구라도 자신을 내세우고 주목받고 싶어 하는 요즘 세태에, 자신의 가치를 알아달라고 아우성치지 않고 겸손히 안분지족(安分知足)의 덕을 안으로만 새기며 오히려 다른 꽃들을 더욱 아름답게 해주는 꽃!

누군가 가장 성공적인 인생은 '다른 이를 나보다 더 낮게 여기며 그들의 아픈 곳을 만져 주고, 눈에 흐르는 눈물을 닦아 주며, 남이 잘되도록 자신을 희생하는 인생'이라고 말했다지요.

오늘은 안개꽃을 닮고 싶은 날입니다.

10
사랑초 이야기

길을 가다 우연히 노상(路上) 화원에 들르게 되었습니다. 삭막한 아파트 건물들이 무성한 동네 한 길모퉁이에서 수더분하게 생기신 두 노년부부가 온갖 봄꽃들과 화초들을 내놓고 팔고 있었습니다. 획일화된 아파트촌이긴 해도 벚꽃과 목련이 흐드러진 가로수 풍경과 함께 이런 길가 꽃집이나 냉이, 달래, 씀바귀 같은 봄나물을 손수건만 한 좌판에 늘어놓고 파는 할머니들의 흰 머리카락이 봄바람에 휘날리는 모습은 숨 막히는 아파트 생활에서 그나마 사람 냄새를 진하게 맡게 하는 정경(情景)입니다.

사랑초를 만난 것은 바로 며칠 전이었습니다. 길을 가다가 길 한편에서 이 화초를 만났습니다. 덩치가 큰 화초들 틈새에서 아주 작은 몸을 가진 이 화초는 이름 하여 '사랑초'랍니다. 그 이름과 하늘거리는 자태가 아주 예뻐 주인에게 값을 물으니 그는 머뭇머뭇합니다.

"얘는 별로 상태가 안 좋으니 저쪽 실한 놈으로 사가시죠." 합니다. 아닌 게 아니라 가만 보니 비 맞은 나비처럼 파리한 잎사귀가 영힘이 없어 보였습니다. 하지만 오히려 애처로운 마음이 들었습니다. 제가 안 사가면 그대로 저 작은 잎마저 사그라질 것만 같았습니다. "그냥 이것 주세요." 했더니 주인은 원래 2,000원인데 비실거리는 화초의 형편을 생각해서 1,000원에 주겠다고 합니다.

사랑초를 집으로 조심스레 안고 집으로 와서는 제가 아끼는 우윳빛 화분에 분갈이하고, 빛이 잘 드는 베란다 한쪽에 놓고 이 녀석의 파리한 잎사귀를 보면서 날마다 중얼거렸습니다.

"사랑하는 사랑초여, 그대의 연약한 뿌리와 줄기와 이파리 마디 하나하나에 사랑의 이름으로 간구하노니 부디 일어나 너의 아름다운 꽃을 피워다오. 사랑한다. 사랑한다. 사랑한다. 사랑한다. 사랑한다. 사랑한다. 사랑한다. 사랑초."

며칠 후 사랑초는 신기할 정도로 건강하게 자랐습니다. 없던 잎사귀 대궁이 한 개와 꽃술이 슬몃슬몃 올라오더니 이제는 제법 모양을 갖추고 웃는 표정입니다.

버려질 뻔한 작은 화초지만 자신을 사랑하는 사람의 눈길을 받는 순간, 다시 생명의 기적을 연출해 내는 이 화초를 통해 천지에 미만해 있는 사랑의 풍성함에 새삼 감격스러웠습니다. 이제는 우리 집의 여러 화초 중에서 내가 가장 아끼는 보물이 된 사랑초, 식물도감을 찾아보니 사랑초의 꽃말은 '널 끝까지 지켜줄게'랍니다!

그래 "널 끝까지 지켜줄게, 사랑한다. 사랑초!"

11

새들도 세상을 뜨는구나

아주 어렸을 때 산길을 걸어가다 우연히 꽃상여 행렬을 따라간 적이 있었습니다. 국민학교 2학년쯤 되었을 때던가, 벚꽃이 흰 눈발처럼 눈부시고 산에는 전날 내린 봄비를 머금은 나뭇잎들이 온통 연두색 물감을 뒤집어쓴 듯 아름다운 4월의 어느 언저리쯤이었을 겁니다. 어려서부터 혼자 산길을 걷는 이상스런 취미가 시작되어 동네 동무들과의 놀이에 싫증이 나면 혼자 뒷산에 올라 할미꽃이 듬성듬성 피어 있는 무덤가에 무서운 줄도 모르고 누워서 지나가는 산새 소리를 아련히 들으며 스르르 잠이 들곤 했었는데…….

잠결에 멀리서 환청처럼 들려오는 나지막한 요령(搖鈴) 소리에 잠이 깨어 주변을 두리번거렸습니다. 무덤 주변엔 고요한 봄날 오후의 적막만이 흐르고 가끔 새들의 지저귐이 귓가에 맴돌았습니다. 패랭이꽃이며 며느리밥풀꽃 주변에 어른거리는 예쁜 날개를 가진 나비를 잡으려 엄지와 검지를 곤두세우고 나비가 앉은 곳으로 살금살금 다가갔습니다. 그때 점점 더 가까이 다가오는 방울 소리와 왠지 구슬픈

곡조의 노래도 아니고 사설도 아닌 어른들의 진혼(鎭魂) 후렴 소리가
이윽고 제가 서 있는 산길을 올라오고 있었습니다.

동네 마을 할머니 한 분이 돌아가셨나 봅니다.

누런색 베옷을 입은 어른들이 어깨에 둘러멘 꽃상여를 그때 처음
보았던 것 같습니다. 지팡이를 짚고 머리엔 새끼줄을 둘러맨 사람들

이 슬피 곡을 하며 상여 뒤를 따르는데, 할미꽃 피어 있는 무덤가에서 상여 행렬을 바라보다 문득 무서운 생각이 들어 산길을 뛰어 내려왔습니다. 새들은 여전히 상여가 지나간 산길 뒤로 무심히 날아들고 있었습니다.

영원한 우주의 한 작은 모퉁이에서 천지에 미만(彌滿)한 파릇한 생명이 찬란하게 너울질 치고 있을 때 - 같은 공간 같은 시간에서 한 인간의 생명이 스러지고 있던 거룩한 '생명의 시작과 끝'의 접점(接點)을 목도했던 셈이지요.

그렇듯 눈부신 봄날의 한복판에서 마주친 유한한 인간의 죽음은 그 극명한 대립만큼이나 제 마음속에 뚜렷한 각인을 남기고 말았습니다. 그 후로 문득 저 하늘을 나는 새들은 죽을 때가 되면 이 세상 어디에서 그 지친 날개를 접을까 궁금해졌습니다. 그리고 그 육체의 껍질을 벗은 새들의 영혼은 어디에서 영원한 안식을 맞을지 생각하곤 했습니다.

티베트라는 히말라야 근처의 나라에서는 사람이 죽으면 그 시체를 높은 산 바위 위에 놓아 두어 굶주린 새들의 먹잇감으로 삼는다는데, 그것은 죽은 자의 영혼이 새처럼 자유롭게 하늘로 날아갈 수 있도록 하기 위함일까요?

12

험한 세상 다리가 되어

다리(橋)는 정작 그곳을 건널 때보다, 옆에서 바라볼 때 더 아름다운 듯합니다. 한강 변을 차로 지날 때마다 폭이 넓지도 좁지도 않은 한강 줄기를 가로지르는 다리들 저마다의 독특한 모양새에 거대한 예술 작품을 보는 듯한 느낌을 받기도 합니다. 하긴 깊고 빠른 강물에 교각을 세우고 육중한 콘크리트 구조물을 연결하여 강의 이쪽과 저쪽을 이어주는 교량을 짓는다는 것은 정교한 토목 공학 기술력과 다리 위에 가해지는 하중에 대한 치밀한 수학적 계산이 뒷받침된 하나의 예술 조형물로 보아도 무리는 없을 것 같습니다.

특히 밤에 한강 변을 달리다 보면 다리마다 설치해 놓은 현란한 조명장치로 한강 다리를 바라보는 즐거움이 한결 더해졌습니다. 그래서 언젠간 광진교에서 김포대교에 이르기까지 스물다섯 개 한강 다리에 대한 저마다의 감상을 글로 써두어야겠다는 생각을 무슨 숙제처럼 품고 있기도 합니다.

　　얼마 전 택시를 타고 한강 변을 달리다가 택시기사 아저씨가 문득
저에게 던진 질문이 기억납니다.

　　"손님, 노량대교가 어느 다린지 아세요?"

　　다리 이름은 들어는 본 것 같은데 도대체 어디에 있는 다리를 말하
는지 알 수가 없어 머리를 주억거리고 있을 때, 그 기사 아저씨는 씩
웃으면서,

　　"바로 지금 손님이 지나는 이 다리가 노량대교입니다."

라고 일러줍니다. 다리라는 것은 분명 강의 이쪽과 저쪽을 가로질러
세우는 것이라는 선입견에 젖어 있던 저에게 그 기사 아저씨는 노량

대교는 강의 흐름을 따라서 서울 동작구 노량진동(鷺梁津洞)과 동작동(銅雀洞) 사이의 한강 좌안(左岸)을 따라 1986년에 준공된 국내 최장 다리라는 설명을 덧붙였습니다.

아! 숨은 다리여, 아무도 알아주지 않는 곳에서 묵묵히 투박한 다리를 차가운 강물에 묻은 채 그렇게 세월을 침묵하며 말없이 우리의 꿈을 실어다 주었구나!

그 후로 강변북로를 갈 때는 꼭 남쪽 강안(江岸)의 노량대교 쪽을 바라보며 촘촘히 강물에 발을 담그고 강물을 따라 뻗어나간 그 다리를 쳐다보는 습관이 생겼습니다. 사람들의 감탄과 칭송을 받는 화려한 스물다섯 개의 다리보다, 알아주는 이는 별로 없지만 오로지 안으로만 침잠하며 묵묵히 세월을 견디고 있는 노량대교를 이제는 더 사랑하게 되었습니다.

남이 알아주지 않아도, 화려한 칭찬과 인정이 없더라도, 말없이 남을 위해 헌신하며 섬김의 본분을 다하는 아름다운 사람들이 같은 하늘 아래 숨 쉬고 있음을 기억합니다.

오늘 밤은 노량대교처럼 살아가는 그런 모든 꽃처럼 아름다운 분들께 헌사의 노래를 바치고 싶습니다.

13

사람이 꽃보다 아름다워

1) 율동공원 청소부 김 씨 이야기

일요일 오후는 우리 부부가 오붓하게 저녁 산책하러 가는 시간입니다. 두 딸은 저마다 뭐가 그리 바쁜지 통 따라나서지 않는 것이 내심 서운하긴 했지만, 그래도 아내와 나란히 뒷산 정다운 오솔길을 넘어 율동공원을 한 바퀴 도는 산책은 늘 즐겁기만 합니다.

김 씨를 처음 본 것은 공원 잔디밭 가운데 있는 한 스낵바에서였습니다. 그이는 작은 키에 얼굴이 까무잡잡하고 언뜻 보아도 행색이 초라한 50대 중반의 청소부 아저씨입니다. 그이가 하는 일은 스낵바 야외 파라솔 테이블 청소입니다. 손님들이 남기고 간 음료수병이나 음식물 찌꺼기를 치우는 일이죠. 그래서 그이의 손에는 늘 걸레가 쥐어져 있습니다.

그런데 그이의 얼굴에는 하찮고 더러운 일을 한다는 부끄러움이나 성가신 표정은 전혀 묻어 있지 않습니다. 얼마나 동작이 빠른지 수많은 사람이 남기고 간 흔적을 감탄스러울 정도로 빨리 닦아 놓습니다. 거의 뛰다시피 이리저리 파라솔 테이블 사이를 누비며 다니는 그이의 잰 발걸음! 검은 얼굴은 땀으로 얼룩졌지만 자기 일에 온 힘을 다한다는 자부심이 가득합니다.

그분이 청소할 때 입는 옷이 뭔지 아십니까? 바로 양복 차림입니다! 물론 상의는 벗었지만, 흰색 반소매 와이셔츠에 넥타이까지 단정하게 맨 청소부 아저씨랍니다. 주변 사람들 말로는 초등학교를 나와 지방 소도시를 이런저런 잡일로 전전하다 여기 분당까지 흘러오게 되었다는데, 그 자세한 사연이야 알 길 없으나 그 얼굴에 피어나는 정직하고도 신성하기까지 한 땀방울을 보며, 제 마음은 말할 수 없이 따뜻해졌습니다.

2) 벙어리 호떡 장수 부부 이야기

제가 사는 동네 인근 아파트 입구에는 늘 같은 자리에서 몇 년째 호떡 장사를 하시는 벙어리 내외가 있습니다. 들을 수가 없으니 말도 할 수가 없습니다. 조그만 용달차에 호떡 굽는 기계를 놓고 오후 3시쯤부터 나와 호떡을 팝니다. 동네 사람들은 어린 꼬마들을 포함하여 자연스레 수화(手話)를 익히게 되었는데 수화라고 해봐야 손가락으로 몇 개, 얼마를 표시하는 정도이지만, 그 정도만 해도 호떡을 사고파는 데 아무 문제가 없습니다.

이 장애인 부부의 호떡을 처음 사 먹은 것은 5년 전 겨울이었는데, 호떡이 맛이 좋은지 장사가 잘되었습니다. 하루는 호떡이 익기를 기다리는 동안 자연스레 이 벙어리 부부의 모습을 자세히 살펴보게 되었습니다. 우선 여자 분은 곱게 화장을 했습니다. 불편한 몸으로 장사하기에도 바쁠 텐데 언제나 예쁘게 화장을 했습니다. 그리고 늘 밝은 미소로 손님을 맞습니다. 그리고 남편 되시는 분의 호떡을 만드는 손 매무새는 정말 감탄스러울 정도입니다. 이 세상에서 가장 맛좋은 호떡을 만들기라도 하겠다는 듯 정성껏 반죽한 밀가루를 허리를 깊이 숙여 온갖 지극정성으로 밀고, 소중한 물건을 다루듯 조심스레 반죽을 떼어 기계에 넣습니다. 호떡 반죽이 조금이라도 기계 언저리에 흐르지 않도록 손길 하나하나가 섬세합니다.

이 정도만 해도 그 정직한 손길에 감동하기 충분한데, 제가 눈물이 핑 돌 정도로 감격한 것은 잔돈이 없어 만 원짜리 한 장을 그이에게 내밀었을 때입니다. 이천 원어치를 사고 팔천 원을 거슬러 주는데 천원짜리들이 좀 구겨진 게 신경 쓰였는지 연신 손바닥으로 그 구겨진 지폐를 펴느라 애를 쓰시는 것입니다! 제가 그냥 됐다고 해도 정성껏 돈을 손바닥으로 펴서 허리를 굽혀 잔돈을 건네주는 것입니다.

저는 이 벙어리 부부의 하루 매상이 얼마인지는 모르겠습니다. 추측건대 동네 꼬마들의 코 묻은 잔돈 몇 푼씩 받아 식구들 생계를 근근이 유지할 정도가 아닐까 싶습니다. 그러나 이 부부의 삶을 대하는 진지한 태도에 스스로 부끄러움을 느끼게 됩니다. 그리고 장애를 안은 몸이지만 세상을 원망하거나 비관하지 않고 하루하루를 최선을 다해 살아가는 모습에 가슴 가득 뭉클한 감동이 밀려왔습니다.

　세상이 살기 어렵다지만 또 날로 사람들의 심성이 메말라가고 있다고 하지만 우리 주변에 율동공원 청소부 아저씨나 벙어리 호떡 장수 부부처럼, 이 사회의 가장 낮은 곳에서 하루하루 경건한 삶의 두레박을 건져 올리시는 분들 때문에 세상은 충분히 아름답습니다.

14

세상의 모든 아름다움은 신의 필적이다

　'색(色)의 마술사'라고 불리는 '앙리 마티스'의 그림을 보노라면, 놀랍다고 밖에는 표현할 길이 없는 그의 천재적 색감에 가슴이 마구 뛰는 행복한 경험을 하게 됩니다. 음악 쪽에는 절대음감이 있어서, 절대음감을 가진 사람들은 일상생활에서 나는 모든 소리를 마치 오선지에 표기된 음표들처럼 정확한 음가(音價)로 듣는다고 하는데, 만약 '절대색감'이라는 것이 있다면 이는 바로 마티스와 같은 천재적 화가에게만 해당하는 말일 듯싶습니다.

　지난달, 예술의 전당 한가람미술관에서 있었던 '반 고흐에서 피카소까지 展'을 보러 갔다가 전시장 한쪽에 걸린 마티스의 현란한 색채 구사가 유감없이 발휘된 그림 앞에서 차마 발길을 돌릴 수 없었습니다. 한 폭의 그림 안에 세상의 물상(物像)들이 갖는 온갖 색들의 감동이 한 치의 더함도 덜 함도 없이 완벽하게 구현된 이미지! 그림 속 여인들의 살구색 목에서는 라벤더향 냄새가 났고, 파란색 원피스를 입은 한 여자가 치고 있는 기타 소리는 생생하게 귓가에 맴돌았습니다. 화보에서만 보던 그림과는 한층 더 높은 차원의 색의 질감과 양감, 미묘한 붓 터치의 변화만으로도 가슴 속에 알 수 없는 파문이 고요히 일어나는 느낌을 받습니다.

생각해 보면 이 세상의 모든 예술가는, 우리와 같은 범인(凡人)들이 볼 수 없고, 들을 수 없고, 느낄 수 없는, 세상의 모든 아름다운 것들을 우리에게 전해주는 일을 숙명처럼 타고나는가 봅니다. 그래서 누군가 "세상의 모든 아름다움은 신(神)의 필적이다."라는 말을 했다는데, 이런 '신의 필적'을 밝히 드러내어 우리에게 찬란한 색과 빛으로 해석해 주는 예술가의 작품 앞에 경이로움을 느끼지 않을 수 없게 됩니다.

슈베르트의 가곡 '겨울 나그네'가 들려주는 신비로운 선율에 우리의 잠자던 감수성이 눈을 뜰 때, 마티스와 같은 천재 화가의 그림 속 색상에 가슴이 젖어들 때, 시인(詩人)이 남긴 아름다운 시구에 가슴 저린 위로를 얻고 마음이 따뜻해질 때, 세상의 모든 예술가는 바로 신이 남긴 필적을 우리에게 보여 주고, 들려주고, 느끼게 해 주는 한 줄기 빛이었음을 깨닫게 됩니다.

그래서 이 땅을 살다 간 많은 천재 예술가들은 자신의 영혼을 지배했던 그 고단한 예술혼을 불사르기 위해, 세상에서의 서툰 삶에 그렇게 비극적인 종말을 고한 것일까요?

노르웨이 숲

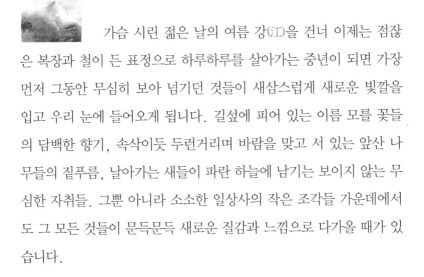 가슴 시린 젊은 날의 여름 강(江)을 건너 이제는 점잖은 복장과 철이 든 표정으로 하루하루를 살아가는 중년이 되면 가장 먼저 그동안 무심히 보아 넘기던 것들이 새삼스럽게 새로운 빛깔을 입고 우리 눈에 들어오게 됩니다. 길섶에 피어 있는 이름 모를 꽃들의 담백한 향기, 속삭이듯 두런거리며 바람을 맞고 서 있는 앞산 나무들의 짙푸름, 날아가는 새들이 파란 하늘에 남기는 보이지 않는 무심한 자취들. 그뿐 아니라 소소한 일상사의 작은 조각들 가운데에서도 그 모든 것들이 문득문득 새로운 질감과 느낌으로 다가올 때가 있습니다.

 며칠 전이었습니다. 책장을 정리하다가 아주 오래전에 읽은 '무라카미 하루키'의 《상실의 시대》라는 책이 눈에 들어왔습니다. 누렇게 변색한 책 페이지를 무연히 넘기다가 책에 코를 대 보았습니다. 여러분은 아시나요? 책은 지나간 세월의 무게를 냄새로 간직한다는 사

실을. 아마도 그 냄새란 빛바랜 책장에 스며든 종이와 잉크에 번식하는 미생물이 부패하는 냄새이겠지만 그런 과학적인 사실과는 관계없이 저에게 책 냄새는 지나가 버린 세월의 흔적들이 생생하게 살아나 저에게 악수의 손길을 내미는 매개체입니다. 옆에서 함께 책장을 정리하던 아내는 갑자기 개처럼 낡은 책에 코를 묻고 킁킁거리는 내 모습을 뜨악한 표정으로 바라보았지만, 그 책의 뒷부분을 읽고 있는 제 상념은 벌써 '노르웨이 숲'을 지나고 있었습니다.

젊은 날의 방황과 사랑을 통해 진정한 자아로 다가가려는 주인공 와타나베의 내면을 하루키 특유의 섬세한 문체로 써 내려간 이 소설의 원제목이 '노르웨이 숲(Norwegian Wood)'입니다. 평소 비틀스의 노래에 심취했던 하루키가 어째서 이런 제목을 붙였는지는 모르겠지만, 저에게 이 제목은 다른 감상으로 다가왔습니다. 북위 60도가 넘는 북유럽에 마치 호랑이가 달리는 모양을 한 노르웨이 – 바이킹족의 후손들이 사는 나라, 너무도 아득히 멀리 떨어진 이 추운 나라의 숲! 북빙양의 드센 바람이 불어오는 '노르웨이 숲'을 떠올릴 때마다 빽빽한 침엽수들이 하늘을 가린 채 음습한 안갯속에서 숲의 정령(精靈)들이 미만 해 있을 것만 같습니다.

생각해 보면 우리는 모두 마음의 심연 속에 이런 깊은 숲 하나쯤 간직하며 이 세상의 하늘로 날아온 새들인지도 모릅니다. 세월의 흐름에 울고 웃고 부대낄 때마다 우리는 우리 마음속에 깊이 간직한 이 '노르웨이 숲'을 그리워하며 오늘도 지친 날갯짓에 힘을 얻는 새들처럼 큰 위로를 받고 살아가는지도 모릅니다.

　새들은 날면서 절대 뒤돌아보지 않는답니다. 그들이 지친 날개를
잠시 접고 아름다운 꿈을 꾸었던 숲 속을 떠나 하늘로 비상하면서도
그들은 절대로 뒤돌아보지 않습니다. 높은 하늘을 향해 날아갈 그 광
대한 우주의 넓이가 바로 그 새들이 평생 감내해야 할 숙명이기 때문
입니다.

　우리의 노르웨이 숲은 어디에 있을까요?

16 푸른 자전거

우리들의 가슴 속에 빛나던 그 푸른 자전거는 어디로 갔
을까요?

인류문명이 발명한 온갖 '탈것들(Vehicles)'중에서, 이 땅에 사는 사람
들의 꿈과 희망을 가장 소박하고도 완벽한 기계적 형태로 구현한 장
치가 바로 '자전거'라는 생각을 해봅니다. 자전거는 자동차처럼 별다
른 동력기관(엔진)이 없습니다. 그저 사람이 페달을 발로 밟으면서 생
기는 운동에너지가 두 바퀴의 회전운동으로 전환되는 지극히 단순하
면서도 정직한 운행 장치입니다.

자전거를 바라볼 때마다 우리들의 잊어버린 꿈을 생각하게 하는 것
은 무엇보다도 완벽한 원형의 두 바퀴 때문입니다. '원만(圓滿)'이라는
말처럼 '원'은 어느 쪽으로도 치우치지도 모자라지도 않고 스스로 자
족한 기하학적 형태입니다.

갓 태어난 아기가 네모나거나 각진 얼굴보다 둥그스름한 얼굴형에 미소를 띤다는 유아교육계의 보고도 좋은 예가 되겠지만, 어른들의 세상에서도 사람들은 뾰족한 예각의 냉정함보다는 어디를 향해서도 모진 각을 들이밀지 않는 둥그스름함 – 원만의 미학(美學)에 마음을 놓게 되고 흐뭇한 미소를 짓게 됩니다.

물론 자동차나 비행기에도 원형의 바퀴가 있지만 육중한 동체의 무게에 눌려 바닥을 안쓰럽게 지탱하는 모습은, 자전거만이 갖는 비례적인 크기와 그 경쾌함의 이미지에는 아무래도 미치지 못합니다. 더욱이 자전거의 은빛 바퀴살들이 현란하게 회전하는 눈부신 아름다움에 있어서랴.

생각해 보면 〈겨울 나그네〉에서 '다혜'를 운명처럼 만났던 대학교정의 언덕을 내려오던 '민우'가 탔던 것도 자전거였고, 〈E.T.〉에서 주인공 소년이 사람들과 경찰을 피해 외계인에게 달려가던 것도 바로 하늘을 나는 자전거였습니다. 둥근 해가 떠 있는 하늘을 가로질러 아름다운 아치를 그리며 비행하는 자전거의 이미지입니다. 화가 '이중섭'이 친구 '구상'에게 선물로 그려준 〈구상이네 가족〉이라는 작품에도 자전거는 가족의 소중한 꿈의 상징물로 등장합니다.

그런가 하면 1988년에 '주세페 토나토레' 감독이 만든 불후의 명작 〈시네마 천국〉에서 어린 꼬마 '토토'가 극장에서 영사기를 돌리는 아저씨 '알프레도'의 자전거를 얻어 타고 마을 길을 달려오던 장면도

자전거가 꿈과 사랑의 이미지를 담고 있음을 보여 줍니다.

6, 70년대에 학교를 다녔던 분들은 자전거 한 대를 갖는다는 것이 당시 소년, 소녀들에게는 얼마나 소중한 꿈이었는지를 잘 아실 겁니다. 더욱이 아버지가 사다 주신 자전거를 타고 페달을 밟으며 앞으로 나아갈 때 우리의 얼굴 위를 스치던 바람이 황홀하게 부딪치던 기억이 얼마나 아름다운지도 말입니다.

오늘은 우리들의 어린 시절 – 밝은 꿈으로 눈동자 형형하던 시절, 우리가 기운차게 달려 나가던 꿈과 희망의 푸른 자전거를 다시 찾아보시지 않겠습니까?

세월의 바람을 맞으며 잊혀 가고 있던 '숲 속의 푸른 자전거'를.

17

샤갈의 눈 내리는 마을

"내가 그림을 그렸던 것은,
나의 어머니와 나를 그토록 따뜻하게 먹여주고 설레게 하고,
나로 하여금 마치 달 위에 매달린 듯 느끼게 했던
그녀의 마음을 기억하기 때문이다."

– 마르크 샤갈 –

이 세상을 아름답게 꾸며 내려온 변할 수 없는 동력이 있다면 그것은 분명 사랑이라는 이름의 신비(神秘)일 텐데, 그 수많은 빛깔의 사랑 중에서도 우리의 마음에 열병처럼 다가와 때론 설레게 하고, 때론 한없이 행복하게 해주는가 하면, 또 죽음보다 깊은 상처를 남기기도 하는 것은 바로 남자와 여자의 사랑이 아닐까 싶습니다.

그런데 샤갈이 위 편지에서 쓴 고백을 읽노라면 그의 환상적인 그림 속의 자유로운 구도와 강렬한 색채 구사를 보는 듯한 구절에 가슴

이 뛰게 되는데, 그것은 바로 "나로 하여금 마치 달 위에 매달린 듯 느끼게 했던 그녀의 마음"이라는 대목입니다. 사물을 보고 느끼는 감정의 촉수가 얼마나 예민했길래 사랑하는 여인과 나누는 감정의 교류를 '달 위에 매달린 느낌'이라고 표현했을까요?

1966년에 나온 '클로드 를르슈(Claude Lelouch)' 감독의 〈남과 여(Un Homme et Une Femme)〉"라는 영화가 있었습니다. 이 영화를 본 것이 아마도 20대 중반쯤이어서 기억이 희미하긴 하지만 내용은 대략 이랬던 것 같습니다.

스턴트맨이었던 남편을 불의의 사고로 잃고 파리에서 혼자 외로운 생활을 하는 여주인공에게는 학교 기숙사에 있는 딸을 만나러 가는 것이 유일한 낙입니다. 어느 날 딸을 만나고 돌아오는 길에 자신과 같은 처지의 남자를 만나 두 사람은 가까워집니다.
두 사람은 불행했던 자신들의 과거를 서로에게 고백하고 사랑에 빠지지만, 여자는 죽은 남편에 대한 미안한 마음 때문에 남자에게 헤어질 것을 원합니다. 그리고 여자는 파리행 열차를 타고 떠납니다. 그러나 여자를 보내기 싫었던 남자는 먼저 파리역에 도착해 둘은 다시 재회하게 됩니다.

저는 이 영화의 마지막 장면이 가장 멋지다고 생각했었는데 사랑하는 두 남녀의 심리를 절묘한 반전의 효과로 극명하게 보여주는 대목이었지요. 남자와의 결별을 선언한 여자가 열차를 타고 파리를 향해

떠나지만, 남자는 자신의 차를 몰아 파리로 먼저 달려가 여자를 기다
리고, 여자 역시 과거에 대한 미련을 떨치고 사랑을 선택하며 뜨겁게
포옹하는 장면.

오늘은 가장 원초적이고 가장 자극적이며 가장 아름다운 '남자와
여자의 사랑'을 '샤갈'의 〈눈 내리는 마을〉에서 느껴봅니다.

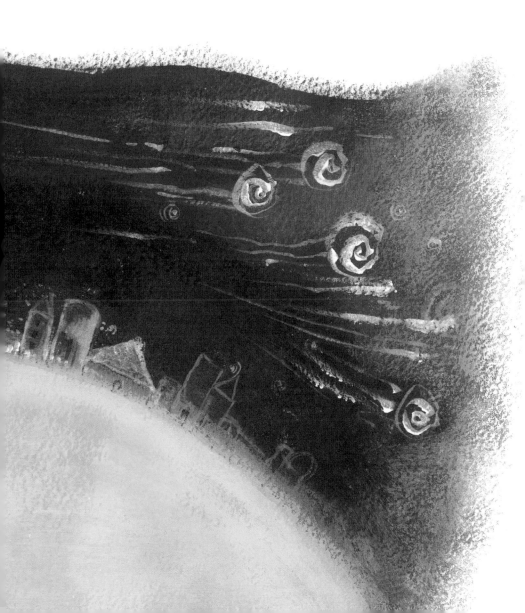

18

산수유 피는 봄날에

춘삼월의 산 흙은 향기를 머금고 있습니다. 그것은 꽃의 방향(芳香)이나 후각신경의 말단을 자극하는 경박한 냄새와는 다른, 뭐랄까 모든 생명의 근원이며 원형인 '모태 자연(Mother Nature)'의 웅숭깊은 뿌리가 그 속살을 비밀스레 잠시 내비치는 냄새입니다.

소설가 박경리가 평생을 천착하며 매달려온 소설 《토지(土地)》가 추구하는 생명의 원형은 바로 이 땅의 흙이 가진 그 영원한 시원성(始原性)과 모든 생물을 잉태하고, 길러 내고, 이윽고 생명을 다한 유기체들을 그의 너른 가슴으로 품어내는 '흙의 모성애'가 아닐는지…….

비 갠 아침, 고운 봄빛이 묻어나는 산길을 따라 운구 행렬의 뒤를 따르고 있었습니다. 모든 생명이 추운 겨울을 이겨내고 수줍은 듯 고요한 빛으로 너울거릴 때, 또 하나의 생명이 지친 이 세상의 날갯짓을 접고 있었습니다. 생명의 시작과 끝이 교차하는 시공(時空)의 어름을 지나는 장례의식을 지켜봅니다. 망자(亡者)의 시신이 흙 속에 묻히고 어디선가 아련한 산새 소리 들려오면, 세상에 남아 있는 자들의 가슴 저마다 우주 운행의 그 허무한 무연함이 한 마리 하얀 물고기가 되어 담기게 됩니다.

우리는 모두 누구나 할 것 없이 앞서거니 뒤서거니 이 영원한 문으로 들어서게 될 텐데, 뭘 그리 욕심내고 시기하고 미워하며 살아가는 것인지. 젊음을 자랑할 것도 또 늙음을 서러워할 것도 없는 것이, 지금 이 땅 위에 숨 쉬고 있는 모든 사람은 100년 후면 모두 자취도 없이 사라질 터, 죽은 자는 말이 없고 그 육신의 장막은 이제 한 줌 흙으로 돌아갈 것인데.

사랑하는 이를 땅에 묻고 돌아오는 길엔 노란 산수유 꽃이 흐드러지게 피어 있었습니다.

19

세상은 모든 것을 가지라 하지만

몇 년 전 고2가 된 제 막내딸 아이가 시무룩한 얼굴로 학교에서 돌아왔습니다. 평상시 밝은 모습으로 생활하던 아이여서 속으론 무슨 일인가 했지만, 짐짓 모른 척하고 신문을 뒤척이고 있었습니다. 저녁을 물리고 제 방에 들어와 커피를 한잔 마시고 있는데, 딸아이가 아빠에게 할 말이 있다고 들어옵니다.

"아빠 정말 죄송한데요, 아빠가 사주신 핸드폰을 오늘 학교에서 잃어버렸어요."

시무룩한 얼굴에 얼마나 속이 상했는지 눈물까지 글썽입니다. 하긴 불과 몇 달 전에 거금 칠십여만 원을 주고 산, 최신 기종의 핸드폰이었기 때문에 딸아이의 말을 듣는 순간 저도 속이 상한 것은 사실입니다. 하지만 고가의 핸드폰을 잃어버렸다는 안타까움보다는 오히려 온종일 그 잃어버린 핸드폰 때문에 속상했을 아이의 마음이 더 걱정

되어 말없이 그 작은 몸을 안아 주면서 이렇게 말했습니다.

"괜찮다. 이 세상 것 다 잃어버려도 우리 딸만 안 잃어버리면 된다."

딸아이는 "아빠 정말 죄송해요."라는 말과 함께 자기 방으로 물러 갔지만, 저의 마음속에는 이번 일을 계기로 이 세상의 모든 유한한 물질들은 모두 다 부질없이 사라지고 마는 것이기에, 물질적인 것에 집착하는 것이 얼마나 어리석은 것인가를 아이가 깨달았으면 좋겠다 는 소망이 들었습니다.

1998년도에 런던정경대학(LSE)이라는 곳에서 어느 나라가 가장 행 복한지 조사를 했는데, 그 당시 방글라데시, 아제르바이잔, 나이지 리아가 1, 2, 3위를 차지했다고 합니다. 그 후에 영국의 심리학자 로 스웰(Rothwell)과 인생 상담사 코언(Cohen)이 만들어 2002년 발표한 행 복공식(행복지수)에서도 1위를 방글라데시가 차지했다고 합니다.

오지(奧地) 탐험가 한비야의 체험을 읽거나, 티브이에 비친 방글라 데시 사람들의 아름다운 눈매를 보면 사실 물질의 풍요로움이 결코 행복의 조건이 될 수 없음을 깨닫게 됩니다. 또한, 우리가 잠시 머물 렀다 가는 꿈결 같은 인생살이에서 뭐든지 좀 더 크고 좀 더 비싸고 좀 더 멋져 보이는 것들을 소유하려는 소망이 얼마나 부질없고 허망 한 것인지.

명품을 걸치고 두르고 다니는 사람들의 마음속에는 얼마만 한 크기의 행복이 자리 잡고 있을까요? 오히려 자신의 내적 자신감의 결핍을 헛된 물질의 화려함으로 가리려는 심리가 팽배해 있는 것은 아닐까요? 자본주의라는 공룡이 우리에게 정신없이 퍼붓는 과소비 충동이 현란한 광고의 형태로 우리 심성에 미친 기괴한 영향을 생각하면, 차라리 눈을 감고 귀를 막고 사는 것이 오히려 현명할 것이라는 생각이 듭니다.

얼마 전 고인이 되신 최규하 전(前) 대통령의 검소한 생활이 사람들 사이에서 화제가 되었던 적이 있습니다. 거의 50년을 써 왔다는 구식 에어컨과 낡은 집기들이 오히려 그분의 인간적 가치를 더욱더 돋보이게 하였습니다. 무엇이든 더 많이 쓰고 먹고 마시고, 더 자주 바꾸고 좀 더 큰, 더 비싼 것들을 수중에 넣으려는 이 허망한 욕망의 끝은 어디인지. 그러나 우리가 얻으려고 힘써야 할 것은 다른 사람들에 대한 배려와 친절, 향기로운 인간성이 자연스럽게 우러나오는 명품 인생이 아닐까요?

며칠 지난 어느 날 딸아이를 불러 잃어버린 기종과 똑같은 핸드폰을 사주겠다고 넌지시 제안하니 우리 딸아이가 하는 말, "아빠 이제 그런 비싼 것은 안 살 거예요. 잃어버려도 마음 아프지 않을 만큼 싼 것을 살게요. 아빠."

지금 우리 딸은 누군가 쓰다 버린 구식 핸드폰을 행복한 마음으로 가지고 다닌답니다.

20

화양연화 花樣年華

중국 사람들은 인생의 가장 행복하고 화려했던 날들을 '화양연화(花樣年華)'라고 부른답니다. 왕가위 감독이 메가폰을 잡고 양조위와 장만옥의 묘한 매력이 마음껏 묻어난 영화 제목도 〈화양연화〉였습니다. 뜨거운 태양과 같은 극도의 열정과 흥분이 아닌 장작 난로 위에서 하얀 김을 뿜으며 조용히 내면을 비워내고 있는 찻주전 자처럼, 서서히 사랑에 물들어가는 아름다움, 아름다워서 슬픈 사랑 의 감정을 장만옥의 눈부심 속 차분한 연기와 양조위의 절제된 침묵 의 연기로 잘 그려낸 영화입니다. 영화에서 양조위의 고백⋯⋯.

"나도 모르게 사랑은 그렇게 시작되었다."

대학 1학년 때였습니다. 예비고사와 본고사까지 치르는 그야말로 입시전쟁의 그 아득한 터널을 빠져나와, 박 대통령 시해 후 그 혼란 의 와중에서 맞은 세상은 역설적이게도 너무도 밝고 환희에 차 있었

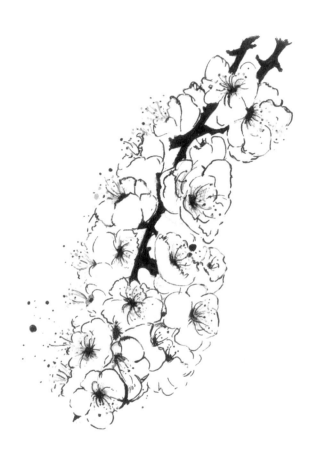

습니다. 봄을 맞은 캠퍼스는 신입생들의 풍선처럼 밝은 웃음소리들과 교정 곳곳에 눈송이처럼 날리는 하얀 벚꽃들이 어우러져 따스한 봄 햇살에 반짝이고 있었습니다.

 그녀를 만난 것은 이처럼 봄빛이 눈부시던 4월의 어느 저녁 어름이었습니다. 말로만 듣던 미팅이라는 것을 처음 하는 자리였습니다. 단아한 모습의 그 여학생도 신입생이었는데, 두드러지게 예쁜 용모는 아니었지만, 커피 한잔을 마시면서 그 볼에 피어오르는 풋풋한 미소에 마음이 이끌렸습니다. 찻집에서 나와 약간은 어색한 거리를 두고 나란히 걷는데 그녀가 뜬금없이 말했습니다.

 "우리 창경원 밤 벚꽃 구경 안 가실래요?"

 창경원은 지금의 대학로 근처의 혜화동 쪽이어서 제가 다니던 학교에서 멀지 않은 곳에 있었고, 또한 그녀가 던진 '우리'라는 말에 갑자기 무척이나 친해진 듯한 느낌이 들어, 결국은 버스를 함께 타고 창경원엘 가게 되었습니다.

 보름쯤이었는지 휘영청 밝은 달이 바로 지척에서 숨 쉬듯 새근거리고, 사방엔 눈꽃처럼 하얗게 피어 있는 벚꽃들이 달빛을 받아 눈부시게 빛나는데, 4월의 정령(精靈)은 더욱 완벽한 봄밤을 연출하고 싶었던 걸까요, 봄꽃 냄새는 마치 세상에서 가장 아름답고 달콤한 향수를 뿌린 듯 은은하게 코로 스며들었습니다.

옆에 나란히 앉은 여학생의 반쯤 숙인 얼굴의 실루엣이 참 곱다고 느끼면서도 무슨 말을 어떻게 해야 할지, 그때만 해도 왜 그리 숫기가 없었는지. 박동치는 심장의 두근거리는 소리가 행여 들릴까 걱정이 되는데 빨갛게 상기된 얼굴이 그나마 어두운 밤이 되어 보이지 않는 것이 다행으로 여겨졌습니다. 그렇게 몇 시간을 봄 벚꽃에 취해 아니 처음 느껴 보는 이성에 대한 황홀한 이끌림에 취해 보냈습니다. 그 후 몇 번 더 그녀를 만났지만, 서로의 운명선은 다른 것이었는지 그녀는 유학을 가고 저는 저대로 바쁘게 살다 보니 그녀와의 해후는 끝내 이루어지지 않았습니다. 이제는 박제(剝製)된 추억처럼 그날 밤 벚꽃이 어우러진 창경원의 밤만이 가슴 속에 남아있게 되었습니다.

또 세월이 흘러 거친 세상의 들길을 걸어오면서 문득 그녀가 생각날 때가 있습니다. 그것이 첫사랑이었는지 아니면 맺어질 인연이 없는 우연한 조우였는지는 모르겠지만, 그 젊은 날의 순수한 마음결에 봄밤의 정취가 솜에 물이 스며들듯 젖어들던 그 봄밤이 제게는 '화양연화'가 아니었는지 모르겠습니다. 그래서 지금도 벚꽃이 하얗게 피어오르는 봄이 되면, 세월 속에 묻혀버린 제 인생의 화양연화가 생각납니다.

이번 주말에는 창경원엘 가보고 싶습니다. 벚꽃이 아직 피어 있을까요.

21

담쟁이덩굴 이야기

일하는 곳이 법원 근처 서초동이다 보니 경부고속도로를 자주 이용하게 됩니다. 시간적 여유가 있을 때는 가끔 분당-내곡동-양재를 거쳐 가는 국도를 타기도 하지만, 판교 나들목으로 들어가서 서초동으로 빠져나오는 10여km의 구간은 저에겐 거의 루틴(routine)처럼 굳어진 지정로입니다.

고속도로에 들어서면 일단 남쪽에서 올라오는 수많은 자동차의 번호판이 눈에 들어옵니다. 부산, 경북, 경남, 전남, 전북……. 그 먼 길을 달려온 남녘의 차들이 가쁜 숨을 고르면서 서울 초입에 들어서는 모습은 왠지 마라톤 주자들이 결승선에 속속 통과하는 것을 지켜보는 느낌을 줍니다. 또한, 계절마다 마치 무대 배경이 변하는 것처럼 새로운 옷을 입는 도로변 풍경을 지켜보는 것도 이 길이 주는 색다른 감흥입니다.

봄마다 한(恨)을 울컥 쏟아내는 듯한 양재 부근 목련꽃의 만발, 여름이면 푸르게 짙어지는 청계산의 녹음(綠陰), 가을이면 온갖 단풍들이 형형색색 물드는 원지동 인근, 겨울이면 바람 부는 언덕 위에서 소복하게 눈을 맞은 채로 같은 자리에 변함없는 친구처럼 서 있는 소나무. 눈이 오면 눈을 맞고 비가 오면 비를 맞은 채로, 늘 곁에 있어주는 든든한 친구입니다.

제가 담쟁이덩굴을 정겨운 노변 풍경의 하나로 눈에 두기 시작한 것은 바로 며칠 전이었습니다. 집으로 오기 위해 반포고등학교 옆 샛길에서 경부고속도로로 들어서면 오른쪽에 거대한 방음벽이 있는데, 이 방음벽을 타고 올라가는 담쟁이덩굴들을 볼 수 있었습니다. 제가 감동한 것은 모든 사람이 난공불락의 장애물이라고 체념하고 포기할 만한 높이의 거대한 장벽을 이 연약해 보이는 이파리들이 서로서로 손을 잡고 아득한 높이를 오르고 있다는 사실이었습니다.

마침 도로가 정체되어 이 아득한 높이의 방음벽을 오르고 있는 담쟁이의 모습을 자세히 볼 수 있었는데, 무엇보다 이들은 서로가 이파리들끼리 손을 꼭 잡고 있었습니다. 혼자서는 이 높은 장벽을 절대로 넘을 수 없다는 굳은 신념이라도 가진 것처럼, 마치 초등학교 아이들이 고사리 같은 손들을 꼭 부여부여잡듯이. 또한, 담쟁이들은 장벽에 아주 촘촘히 바싹 달라붙어서 오르고 있었습니다. 그들은 장벽이라는 현실을 무시하지 않고 철저히 현실이라는 땅에 발을 굳건히 딛고 있지만, 머리는 하늘을 향해 두는 위대한 견인주의자(堅忍主義者)

처럼 보였습니다.

　사실 우리가 세상이라는 길을 걸어갈 때도 우리 앞에는 도저히 감당할 수조차 없는 시련과 난관이 있을 터인데, 그때마다 체념하고 자포자기의 심정으로 신성한 삶의 의지를 꺾는 사람들에게 담쟁이덩굴의 이 황홀한 비상(飛翔)은 거룩해 보이기까지 합니다.

　담쟁이는 꺾이지 않은 긍정과 소망의 몸짓으로 아름답습니다.

22

김광석 - 그를 추억하다

지금은 저세상 사람이 된 김광석의 목소리를 처음 만난 것은 어느 가을이었습니다. 사람은 누구나 과거의 어느 공간 속 풍경을 적어도 한두 개쯤은 기억의 작은 방에 붙박이처럼 고정해 놓습니다. 이것을 흔히 추억이라고 말을 하는 것이지요. 그래서 이 추억들은 흐르는 세월의 더께에 점차 침윤되어 가고, 이제는 멀리 보이는 바닷가 포구의 작은 불빛처럼 기억 속에 희미하게 명멸하게 됩니다.

중간고사가 끝난 오후의 도서관엔 한가로운 햇살이 잠시 머물다가 중앙도서관 지붕 어디쯤을 건너 서쪽으로 기울고, 차분히 내려앉은 음영이 열람석의 나무 책상 위에 드리워지고 있었습니다. 열람석 한쪽 의자에 앉아 버지니아 울프의 〈세월(The Years)〉을 읽고 있던 그날 오후, 넓은 창밖으로는 무성한 키 큰 나무들의 이파리가 너울거리고 있었는데, 왠지 음습하다고 할까, 고즈넉하다고 해야 할까, 그 아련했던 기억의 한 지점이 문득문득 박제된 세월의 파편처럼 떠오

를 때가 있습니다.

시간은 망각을 낳고 망각은 다시 소스라쳐 놀라 비상하는 비둘기처럼 기억을 잉태합니다. 김광석의 '서른 즈음에'라는 노래는 이렇게 세월의 무상함에 무력할 수밖에 없던, 마흔 고개를 힘겹게 넘고 있던 저의 잠자던 영혼에 비둘기처럼 찾아왔습니다. 그리고 따뜻했습니다. 그의 슬픈 듯 건조한 목소리가, 또 시처럼 울림을 갖던 그 노래의 가사가 저의 시린 영혼을 따스하게 어루만져 주었습니다. 그리고 또 세월이 흘러 도서관 한구석 나무 의자에 앉아 〈세월〉을 읽던 제 청춘의 기억도 조금씩 멀어져 갔습니다.

그의 다른 노래 '이등병의 편지'는 집을 떠나 처음으로 거친 세상 밖으로 던져진 청춘에 대한 아련한 기억을 일깨워 주었습니다. 남자들에게 '이등병'이라는 호칭은 미숙하고 어설플 수밖에 없는, 그래서 두려움과 생채기로 얼룩진 청춘의 첫걸음을 뜻하는 보통명사이기도 합니다. 그런데 그의 이 노래는 이 땅의 모든 청춘들에게 "젊은 날의 생이여 이제 다시 시작"이라고 따뜻한 격려와 위로를 전해줍니다.

어설펐던 군대 이등병 시절이 끝나고 또 세월이 덧없이 흘러 삼십이라는 나이가 되면 누구나 한 번쯤은 구름처럼 빠르게 흘러가는 시간의 언덕 위에서 아련한 눈빛으로 지난날의 청춘을 뒤돌아보게 됩니다. 그리고 늘 내 곁에 머물러 있는 청춘과 사랑인 줄 알았는데, 이제는 어느덧 비어있는 가슴 속으로 속절없는 회한이 몰려올 때, 찬 가슴을 데우는 소주 한잔처럼 '서른 즈음에'라는 김광석의 노래가 마음을 파고드는 것입니다.

"내가 떠나보낸 것도 아닌데 내가 떠나온 것도 아닌데……." 지나가 버린 청춘과 목소리가 슬펐던 김광석 – 그 사람을 추억합니다.

23
브루클린으로 가는 마지막 비상구

어떤 영화를 기억하게 되는 경우는 대부분 그 영화가 던져 주는 메시지의 인상적인 울림이나, 배우들의 아름다운 연기와 대사, 혹은 스크린에 펼쳐지는 영상미가 주는 매력에 연유할 것입니다. 그런데 제가 1989년에 나온 이 영화를, 아니 더 정확히는 이 영화 제목을 뚜렷하게 마음속에 각인하게 된 것은 오로지 이 영화의 주제곡인 'A Love Idea'라는 음악 때문이었습니다.

사실 〈브루클린으로 가는 마지막 비상구(Last Exit to Brooklyn)〉라는 영화 자체는 1950년대 뉴욕 뒷골목 노동자들의 파업과 폭력, 호모 섹스, 창녀의 삶이 얽혀진 칙칙한 분위기가 주조를 이루는데, 어찌 된 일인지 이 영화 곳곳에서 흘러나오는 'A Love Idea'라는 O.S.T.만큼은 듣는 사람의 마음을 이상하리만큼 차분하게 가라앉히고 영화 속에 등장하는 인물들을 도저히 미워할 수 없게 만드는 힘을 가진 듯했습니다. 또한, 탈출구 없는 곤고한 삶을 술 취한 듯 살아가는 인간의 자화상을 연민 어린 눈으로 바라보게 했습니다.

그때부터 이 영화 제목을 떠올릴 때마다 'A Love Idea'는 늘 제 기억의 강가를 함께 유영(遊泳)했었는데, 어느 해 첫눈이 함박눈이 되어 소담스럽게 내리던 겨울 새벽 – 공항으로 가던 도로 위 차 안에서 우연히 흘러나온 이 음악을 들었을 때를 기억합니다. 가슴 속에 쏟아져 들어왔던 슬프다고 해야 할지 쓸쓸하다고 해야 할지, 뭐라 표현할 길은 없지만 마치 절벽 아래로 떨어지는 것처럼 가슴을 싸~아 하고 휩쓸어 가는 느낌에 그만 차를 갓길에 세워놓고 하얗게 함박눈을 맞으며 흘러가는 한강을 하염없이 바라보던 적이 있었습니다.

또 몇 년 후, 우리 딸아이를 태우고 낙엽이 우수수 지던 남산 순환도로 하얏트 호텔 앞길을 지날 때, 11월의 스산한 바람이 불던 충주호 근처 새한미디어 공장 앞길에 서 있던 앙상한 가로수들을 지나갈 때, 사랑하던 친구를 찬 땅에 묻고 오는 길, 팍팍한 가슴 결에 한줄기 따뜻한 온기가 그리워 찾아간 어느 허름한 포장마차의 전축에서 흘러나오던 멜로디⋯⋯.

이 음악을 우연히 만나던 그 모든 때를 세세히 기억할 수 있을 만큼 'A Love Idea'가 제 영혼을 흔든 각별한 울림을 기억하며 오늘 이 시간 여러분과 함께 이 음악을 듣고 싶습니다.

그리고 그동안 세상의 거친 들길을 걸어오며 스쳐 가듯 만났던 모든 사랑하는 사람의 이름을 하나씩 나지막하게 불러보며⋯⋯.

24
길

어떤 길(路)을 갈 때면 왠지 언젠가 한 번쯤 와 봤던 것 같은 느낌이 드는 곳이 있습니다. 또 언덕 위로 나 있는 어떤 길들은 그 언덕만 넘어가면 푸른 바다가 그 나신(裸身)을 눈부시게 보여 주어 파도의 푸른 포말이 가슴 가득 밀려들어 올 것만 같은 설렘에 사로잡히게 되는 그런 길들도 있습니다. 그래서 길들은 저마다의 표정으로 길을 가는 사람들의 마음에 각기 다른 무늬를 수놓게 됩니다.

벚꽃이 하얗게 눈부신 진해의 벚꽃 길은 그 화려함이 좋고, 겨울 동백꽃이 곱디고운 고창 선운사로 올라가는 숲길은 엄마 품 안에 안긴 듯 따뜻한 느낌이 좋고, 달밤에 소금을 뿌려 놓았다고 표현한 이효석의 메밀꽃이 흐드러진 봉평의 메밀꽃밭 길은 낭만적이어서 좋고, 청주 나들목 근처의 푸른 가로수 길은 그 청량(淸凉)한 분위기가 좋고, 제주도 우도(牛島)에서 세상의 온갖 바람을 다 불러 모은 듯한 우도봉 등대로 올라가는 바람 부는 갈대 길은 가슴을 쓸어내는 그

스산함이 좋습니다.

세상엔 수많은 아름다운 길들이 있지만 길이 길다운 것은 그 길들이 어디를 향해 있는지 모를 때가 아닐까 싶습니다. 그래야 길은 일회적이고 돌이킬 수 없는 우리 인생과 닮게 됩니다. 결코 되돌아갈 수도 없고, 다시 걸을 수도 없는 길.

이제는 고전이 되어버린 페데리코 펠리니 감독, 앤서니 퀸 주연의 영화 〈길(La Strada)〉에서도 길은 우리 인생의 중요한 메타포가 됩니다. 우리는 문득 삶의 여정을 외적인 위치에서 바라보며 돌아볼 때가 있습니다. 특히 우리에게 소중한 무엇을 잃었을 때, 혹은 불현듯 다가오는 죽음의 그림자를 문득 느꼈을 때, 우리는 우리가 미처 알지 못했던 자신의 모습을 발견하게 되는데, 바로 이때가 자신의 실존적 의미를 깨닫게 되는 순간입니다. 이 〈길〉이라는 영화에서 주인공 엔서니 퀸이 자신에게 지순한 사랑을 바친 바보 소녀(젤소미나)의 죽음 앞에 오열하며 자신이 걸어온 길을 후회하던 것처럼. 그러나 언제나 때늦은 후회.

또한, 길은 그리움의 다른 말이기도 합니다. 다시는 오지 않을 시간과 사람과 추억을 하염없이 기다리는 그런 길 말입니다. 언덕 위로 휘돌아간 길로 얼마나 많은 사랑하는 이들이 앞서 갔던가요. 다시는 돌아올 수 없는 길인 줄 알면서도 우리는 늘 아련한 눈빛으로 언덕 너머 그 사랑을 기다립니다. 하염없이……

25
행복한 아침

아침에 눈을 뜨면서 무지개를 보았습니다. 영롱한 무지개가 마음의 푸른 심연 너른 하늘 위를 가로질러 영롱하게 드리워져 있었습니다. 행복했습니다. 간밤에 아름다운 꿈을 꾸었던 것일까요? 오랫동안 우울하게 비가 내리다가 모처럼 쪽빛으로 빛나는 청량한 하늘과 고운 아침 햇살을 맞았기 때문일까요? 침대에서 일어나 창밖으로 난 길을 내다보니 거리에는 비를 머금은 가로수들이 반짝반짝 빛나고 있었습니다.

그러고 보니 어젯밤 늦게 티브이를 보다 행복한 마음으로 잠이 들었던 기억이 났습니다. 우리에게 진정한 행복과 품격을 높여주는 것들은 항상 그렇듯이 좁은 문으로 통해야 하는지, 모두가 잠든 새벽한 시가 넘은 시간에 만난 '낭독의 발견'이라는 프로그램에서 진정으로 티브이를 보는 즐거움과 우리말만이 가질 수 있는 감동을 자아내는 울림을 만끽할 수 있었습니다.

어제는 세계적인 바이올리니스트 김지연 씨가 출연자로 나와서 아름다운 바이올린 연주와 함께 자신이 좋아하는 애송시를 직접 낭독해 주었습니다. 눈부신 하얀색 드레스를 우아하게 차려입은 그녀가 희랍의 여신 아폴로디테처럼 활을 들고 조그마한 바이올린을 켜는 그 모습과 바이올린의 미려한 선율은 정말 아름다웠습니다. 게다가 그녀가 W.H. 데이비스의 〈Leisure〉라는 시와 류시화의 〈나무〉, 도종환의 〈가지 않을 수 없던 길〉을 나지막한 목소리로 낭송할 때는 행복한 느낌이 파도처럼 가슴으로 밀려왔습니다.

　더욱 제 마음을 흐뭇하게 해 주었던 것은 진행을 맡은 황수정 아나운서의 옷차림이었습니다. 그녀는 평소 맵시 있는 의상으로 그녀만의 우아한 매력을 은은히 발산하곤 했는데, 어제는 수수한 바지와 실크류 상의를 비교적 수더분하게 입고 나왔습니다, 제가 보기에는 이날의 주인공 김지연 씨의 화려한 의상을 돋보이게 하려고 정작 자신은 수수한 옷차림으로 스스로 낮춘 것이 분명해 보였습니다. 상대를 더 아름답게 보이게 하려고 때론 자신을 낮은 곳에 머물게 할 줄 아는 그녀의 고운 심성을 읽을 수 있어서 더욱 좋았습니다.

　서늘해지는 가을밤, 아름다운 사람과 고운 음악과 시인의 짙은 감성이 묻어나는 시(詩)와 나보다 상대를 먼저 생각하는 마음을 엿본 어젯밤의 티브이 시청이 오늘 아침 제 마음을 이토록 기쁘고 행복하게 해 주었나 봅니다.

What is this life if, full of care,

We have no time to stand and stare

No time to stand beneath the boughs

And stare as long as sheep or cows

No time to see, when woods we pass,

Where squirrels hide their nuts in grass.

No time to see, in board daylight,

Streams full of stars,

like skies at night.

무슨 인생이 그럴까, 근심에 찌들어

가던 길 멈춰 서 바라볼 시간 없다면

양이나 젖소들처럼 나무 아래 서서

쉬엄쉬엄 바라볼 틈 없다면

숲속 지날 때 다람쥐들이 풀숲에

도토리 숨기는 걸 볼 시간 없다면

한낮에도 밤하늘처럼 별이 총총한

시냇물을 바라볼 시간이 없다면

— W.H. David, Leisure

26

가을 우체국 앞에서

그날도 요즘처럼 하늘이 높고 푸르던 가을의 어느 날이 었습니다. 학교 기숙사 생활을 하던 저에게 우편물이 왔다는 전화를 받고 구내 우체국으로 가던 길에서 바라본 하늘에는 하얀 뭉게구름 이 꿈결처럼 흐르고 있었습니다. 눈부신 오후의 가을 햇살에 빛나던 빨간 우체통이 정겹게 서 있던 우체국 풍경은 늘 그렇듯 가슴을 설레 게 했습니다. 그것은 청마 유치환 시인의 〈행복〉이라는 시에서처럼 에메랄드빛 푸른 하늘이 내다보이는 우체국 창문 앞에서 사랑하는 이에게 편지를 써 내려가던 어떤 이의 고운 마음 실이 느껴지기 때문 이며, 이때의 에메랄드빛 하늘이란 바로 호수처럼 펼쳐진 가을 하늘 이 가장 어울릴 거라는 생각이 들기 때문입니다.

우체국 직원이 건네준 우편물에는 시골에 계신 어머께서 보내신 편지 한 장과 만 원짜리 석 장이 들어 있었습니다. 어머니께서는 많 이 배우신 분이 아니셨습니다. 맞춤법도 제대로 맞지 않게 초등학생 처럼 연필로 삐뚤삐뚤 눌러 쓰신 편지였습니다. 처음이자 마지막이

었던 어머니로부터의 편지……. 이 세상의 모든 어머니의 마음처럼 그 편지에는 서울에서 혼자 외롭게 공부하는 당신의 아들에 대한 대견함과 애틋한 사랑이 묻어 있었고, 편지 끝에 어머니가 남기신 한 줄의 글귀에 그만 눈물이 왈칵 쏟아져 내렸습니다.

"공부하느라고 고생이 많구나. 건강 조심하고, 돈을 어떻게 부치는지 몰라 편지에 넣는다. 구두라도 하나 번듯하게 사 신거라."

어머니가 편지지 안에 곱게 싸 주신 만 원짜리 석 장과 편지를 가슴에 안고, 파란 가을 하늘 아래 노란색 후박나무 벤치에 앉아 하염없는 눈물을 흘리고 있었습니다. 구름이 저만치 흘러가고 있었습니다.

제가 어렸을 때만 해도 가난이 덕지덕지 부스럼처럼 세상에 들러붙어 있어서 국민학교를 다니면서 달걀부침을 도시락에 얹어 오는 아이들을 부러워하던 시절이었습니다. 학교에서 가을 운동회가 있었나 봅니다. 그래서 달리기 대회에서 어떻게든 일등을 하여 공책 한 묶음을 타오고 싶은 마음이 굴뚝같았습니다. 그런데 제 운동화는 벌써 산 지 일 년이 넘어 밑창이 닳아 구멍이 나고 헐어서 도저히 신고 달릴 수 없는 지경이었습니다. 그래서 며칠 전부터 어머니에게 새 운동화를 사달라고 철없이 조르던 차였습니다.
운동회 날은 바로 내일인데 새 운동화 사 주신다는 소식은 감감무소식이고 설마 저렇게 누더기가 된 운동화를 신고 운동회에 가라고는 안 하시겠지, 하며 일찍 잠이 들었습니다. 그날 아침 눈을 떠보니 댓돌 위에는 까만색 헌 운동화가 놓여 있었습니다. 그것은 세 살 위 누나가 신던 빨간색 운동화에 당신께서 먹물로 까맣게 물을 들여 놓으신 운동화였습니다. 세상에 먹물을 들인 중고 운동화라니! 저는 너무나 창피하고 부끄러워서 그 신발은 도저히 신고 갈 수 없다고 떼를 썼지만, 어머니는 막 야단을 치시면서 그 밑창이 다 떨어져 발이 나오는 신발은 버렸으니까 알아서 하라고 으름장을 놓으시는 것이었습니다. 울며 겨자 먹기로 그 신발을 신고 너무 창피해서 바짓단을 자꾸 아래로 내리면서 학교로 울며 가면서 뒤를 힐긋 돌아보니 멀리 어머니의 눈가에도 이슬이 맺혀 있었습니다. 그날도 바다 같은 파란 하늘 위로 뭉게구름이 무연히 흘러가고……

제가 대학 시절에 받은 어머니의 편지와 동봉한 삼만 원을 받고 하염없는 눈물을 흘렸던 것은 그때야 비로소 어렵고 힘든 시절을 보내면서 아들에게 억지로 신겨 보낸 먹물 입힌 운동화 하나가 어머니의 마음속에 얼마나 한이 되어 맺혔는지를 깨달았기 때문이었습니다. 십여 년도 더 지나 대학생이 된 아들에게 보낸 그 편지는 당신께는 아들에 대한 미안함과 무한한 사랑을 전하는 의식(儀式)이었을 것입니다.

얼마 전 낙엽이 분분하던 남산타워에 올라가면서 서울 시내가 한눈에 내려다보이는 봉수대 근처를 간 적이 있습니다. 그때 어딘가에서 윤도현의 '가을우체국 앞에서'라는 노래가 흘러나왔습니다. 그리고 문득 어머니와 운동화, 우체국이 마치 하나의 소품처럼 생각이 났습니다. 지금도 이 노래를 들으면 가을빛이 눈부시던 날, 빨간 우체통 앞 노란색 후박나무 벤치에 앉아 느껴 보던 어머니의 깊은 사랑을 그리워하며 오늘도 가을 하늘을 우러르고 싶습니다.

27

하늘과 바람과 별과 시

젊은 날의 강(江)을 넘어온 사람들은 알리라, 청춘의 격한 열정의 돛단배가 빛나던 흰 돛을 잃어버리고 상념의 바다 위를 덧없이 떠돌던 그 시절의 먹먹함을, 그래서 우리 가슴 가슴마다 깊숙이 은빛 하모니카 하나씩 품고 초가을 나무들이 잎들을 뚝뚝 떨어뜨리고 헛헛한 표정으로 달을 가리키며 산비탈에 외로이 서 있을 제, 저마다 그 은빛 하모니카를 불며 혼란스럽고 불안했던 질풍노도의 시절을 바람처럼 떠돌던, 아팠지만 순수했던 청춘의 기억들을……

제가 《하늘과 바람과 별과 시》를 만났던 것은 동대문이 있던 종로5가 근처의 작은 책방에서였는데, 그날은 요즘처럼 무례한 여름의 더위가 풀이 죽은 듯 잦아들고 빨간 샐비어가 발목 어름에 속삭이듯 피어나고 있었습니다. 가을빛이 옅어져 가므로 동대문 맞은 편 이화여대 부속 병원의 흰색 병동에 걸린 햇빛이 쓸쓸하게 느껴지던 가을날이었습니다. 생각 많고 사는 것에 대한 회의가 밀물처럼 밀려오던 그 시절에 저는 한 잔의 더운 엽차가 몸을 데우는 그 느낌처럼 따스한 그 무엇을 그리워하고 있었습니다.

 파란색 표지에 뚜렷하게 적혀진 《하늘과 바람과 별과 시》라는 시집을 펼치면서부터 제 마음속에는 그토록 그리워하던 따스한 기운이 밀려 들어왔습니다. 첫 장을 펼치자 시인 윤동주의 사진이 있었는데, 그의 마르고 창백한 얼굴에서) 영민하게 빛나던 그의 눈은 무언가를 말하고 있는 듯했습니다. 그것은 나라를 빼앗긴 젊음의 순수한 영혼이 그 질곡의 역사에도 굴하지 않고 안으로 안으로만 침잠하여 끝내는 저 높은 영혼의 극한에서 확보하는 초탈(超脫)의 빛이었고, 모든 쇠붙이의 생경(生梗)함을 거부하는 지순한 나뭇결의 깊이 모를 따스함이었습니다.
 시집을 들고 집으로 돌아온 저는 미친 듯이 그의 시들을 읽기 시작했는데, 마음이 슬펐던 그 시절에 《하늘과 바람과 별과 시》라는 시집이 저에게 건네준 따뜻한 위로와 정신적인 유대감은 너무도 커서, 그 파란색 시집을 책상 앞 책꽂이에 가까이 두고 외로울 때면 그의 아름다운 시들을 읽고, 무언가 그리울 때면 시집 속에 있는 그의 사진에서 빛나는 따스한 미소와 눈동자를 오래오래 바라보았습니다.

 그때 그 시절, 제가 가장 좋아하고 애송했던 〈자화상〉이라는 시는 어떤 때는 마치 시 속의 주인공이 마치 내가 된 것처럼 감정이입(感情移入)이 일어나는 시였습니다. 오늘 가을빛이 거리거리마다 완연한 오후, 윤동주의 자화상을 다시 읽으며 젊은 날, 시인이 저에게 전해

준 따스한 위안과 호의를 추억하고 싶습니다.

산모퉁이를 돌아 논가 외딴 우물을 홀로 찾아가선
가만히 들여다봅니다.
우물 속에는 달이 밝고 구름이 흐르고 하늘이 펼치고
파아란 바람이 불고 가을이 있습니다.
그리고 한 사나이가 있습니다.
어쩐지 그 사나이가 미워져 돌아갑니다.
돌아가다 생각하니 그 사나이가 가엾어집니다.
도로 가 들여다보니 사나이는 그대로 있습니다.
다시 그 사나이가 미워져 돌아갑니다.
돌아가다 생각하니 그 사나이가 그리워집니다.
우물속에는 달이 밝고 구름이 흐르고 하늘이 펼치고 파아란
바람이 불고
추억처럼 사나이가 있습니다.

— 윤동주, 〈자화상〉

28
그 섬에 가면

 푸른 북한강 줄기에 추억처럼 누워있는 섬 – 남이섬에 갔습니다. 가을이 오면 늘 가슴에 하얀 뭉게구름 하나 들어와 어디로든지 바람처럼 떠돌고 싶다는 충동이 불현듯 찾아옵니다. 늦은 아침을 먹고 늘 바쁜 아내를 꼬드겨 나란히 차를 타고 하남시 팔당대교를 지나 조안리, 양수리를 거쳐 청평대교를 건너 가평에 이릅니다.

선착장에서 입장료를 내고 배를 탑니다. 북한강물이 가을 색에 젖어 짙푸릅니다. 남이섬은 매년 가을이 되면 연례행사처럼 찾아보는 곳이지만 배를 타고 섬으로 가는 강 위에서는 늘 가슴이 설렙니다. 젊은 시절, 지금은 뱃전에서 내 옆에 어깨를 기대고 앉아 있는 아내를 만나러 가던 느낌과도 비슷합니다. 무엇이든 쉽게 변하고 사라지는 세상에서 늘 같은 자리에 머물러 있어, 찾아올 때마다 반겨 주는 공간이 있다는 것은 참 고마운 일이 아닌가요?

배에서 내렸습니다. 나란히 길을 걸으며 발밑에 밟히는 낙엽들이 바스락거리는 소리를 듣습니다. 그리고 편안한 마음으로 이야기를 나눕니다. 하염없이 흘러가 버린 세월 이야기, 두 딸아이가 어느새 부쩍 커버려 이제 품에서 벗어날 날이 가까워져 온다는 이야기, 둘이 연애할 때의 추억담을 회상하며 웃는 아내의 눈가에 어느새 세월이 스쳐 가는 주름 꽃이 아름답습니다.

드라마 〈겨울연가〉로 유명한 메타세쿼이아 길을 걸으며 서로가 사진을 찍어 줍니다. 이 길을 걸을 때면 늘 드라마에서처럼 한겨울에 하얀 눈이 쌓여 있을 때 꼭 다시 와서 사진을 찍어보리라 마음먹습니다. 늘 그 약속은 지켜지지 않지만……. 아직 단풍이 흐드러지지는 않았지만 군데군데 붉고 노랗게 변해 버린 나뭇잎들이 보입니다. 오랜 세월을 같은 자리에 묵묵히 있어 주는 친구 같은 나무들입니다. 그리고 행복한 얼굴의 사람들이 있습니다. 모두 어린아이들처럼 밝고 즐거운 표정입니다.

메타세쿼이아 길도 좋지만, 남이섬의 백미는 단연 섬을 감싸듯 돌아가는 북한강의 그 유장함입니다. 강물은 늘 같은 것처럼 보이고 또 늘 같은 자리에 머무는 것 같지만, 사실은 한 번 지나가 버린 물은 다시는 볼 수 없습니다. 또 매년 찾아와 바라보는 강물도 작년의 강물일 수 없습니다. 그냥 흘러가는 것입니다. 사라져 버리는 것입니다. 마치 단풍이 들고 차가운 바람 속에 이윽고 자취를 감추는 낙엽들이 영원히 세월의 침묵 속에 묻혀 버리는 것처럼 말입니다.

키 큰 나무 사이의 고즈넉한 길들을 걷다가 유니세프에서 주최하는 '그때 그 아이들'이라는 사진전을 보러 들어갔습니다. 가난과 질병으

로 고통당하는 전 세계 아동들을 위한 국제기구가 바로 UNICEF(유니세프)인데, 평소 아이들과 주로 생활하는 저의 눈길을 끌었던 것이지요. 전시장 안으로 들어가니 거기서 또 제가 좋아하는 '오드리 헵번'을 만날 수 있었습니다. 〈로마의 휴일〉에서 청초한 공주 역으로 마음을 사로잡았던 그녀는 죽을 때까지 고통받는 아이들을 위해 헌신적인 삶을 살았습니다. 전시된 사진 속에 뼈만 앙상하게 남은 아이들을 껴안고 있는 주름진 헵번의 모습은 정말 아름다웠습니다.

세월은 저 북한강물처럼 덧없이 흘러가고, 마음씨도 얼굴만큼이나 아름다웠던 오드리 헵번도 이제 영원히 돌아올 수 없는 길을 갔지만, 그녀의 아름다운 눈매와 고운 마음씨는 오래도록 이 섬에 올 때마다 기억이 날 것입니다.

29

다하지 못한 말들

　　이 세상엔 어쭙잖은 인간의 언어로 표현이나 묘사가 불가
능한 것들이 많습니다. 소(牛)의 깊고 큰 눈을 바라볼 때 다가오는 느
낌은 참 묘합니다. 입으론 무심히 되새김질을 반복하며 끔벅이는 그
큰 눈이 무엇을 말하려는지 - 슬프다는 건지 외롭다는 건지 쓸쓸하
다는 건지……. 만약 그 소의 눈에 해 질 녘의 어스름이 언뜻 비친다
면 그 신비로운 느낌은 더해질 것입니다.

　몇 해 전 배를 타고 가다가 뱃전에 서서 손바닥에 놓인 과자부스러
기를 쪼기 위해 날아온 바닷새의 하얀 몸을 만졌을 때 갑자기 전율처
럼 푸드덕 전해 오는 신비스런 느낌을 기억합니다. 모이를 쪼던 새가
갸우뚱하다 문득 그 까만 눈이 내 눈과 마주쳤을 때 황망히 뛰던 가
슴 결에도 저는 언어의 지평 너머에 존재하는 세상을 보았습니다.
　사랑하는 사람의 눈에서 이슬 같은 눈물이 보석처럼 맺히는 걸 볼
때도 가슴은 형용할 수 없는 감정으로 가득 찹니다. 추운 겨울 새벽

Dear...

에 언뜻 본 별들이 알알이 들어와 박히는 느낌을 어떻게 표현할까요? 묘지(墓地)에 가보면 어느 한쪽에 망자(亡者)가 생전에 쓰던 옷가지와 이불 등속을 태우는 소각장이 있습니다. 슬픔 많은 세상의 흔적들이 까만 재가 되어 한 줌 연기로 화할 때, 세상에 둔 미련인 듯 차마 타지 않고 뒹구는 망자의 신발을 보는 느낌도 그렇습니다. "아! 저 신발을 신고 그(녀)는 터벅터벅 이 세상의 거친 들길을 걸어 왔구나! " 다시는 신어 줄 주인을 잃은 채 소각장 한쪽에 을씨년스럽게 뒹구는 망자의 신발을 바라보는 느낌에도 언어(言語)는 속절없이 무력(無力)하기만 합니다.

　며칠 쪽빛 하늘과 하얀 구름만으로도 넉넉히 행복했습니다. 그 눈부신 가을빛과 기분 좋은 햇볕의 따스함, 한여름의 무례함이 물러가고 겸손한 바람과 공기가 얼굴을 스치고, 조금씩 물들어가는 단풍잎들을 지켜보는 것만으로도 우리는 얼마나 마음이 포근해지던가요. 그런데 어제오늘 부쩍 날이 추워졌습니다. 이제 시월도 마지막 고개를 넘고 있으니 찬바람 불 때가 된 것이지요. 가을날 오후의 빛은 왠지 안타깝습니다. 또 푸른 잎사귀들을 애처롭게 매달고 부는 찬바람에 떨고 있는 나뭇잎들도 안쓰러워 보입니다. 세상의 모든 것들은 나 그네처럼 이 세상에 잠시 머물다가 다시 영원 속으로 지고 말 숙명을 지녔기에 가을이 오면 늘 삶에 대한 겸손을 배우게 됩니다. 그리고 따뜻한 그 무엇이 불현듯 그리워집니다. 따뜻한 사람의 눈빛, 따뜻한 포옹, 따뜻하게 건네는 사랑의 말 한마디, 따뜻한 커피 한잔…….

깊어가는 이 가을밤, 따뜻한 커피 한잔에 마음을 조금 데우고, 그리운 이름들을 하나씩 호명하며 어느 언덕에 서 있을 단풍나무 한그루를 생각하고 싶습니다.

30

미술관 옆 동물원

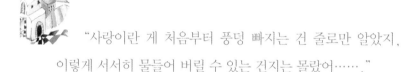

"사랑이란 게 처음부터 풍덩 빠지는 건 줄로만 알았지,
이렇게 서서히 물들어 버릴 수 있는 건지는 몰랐어……."

　과천 현대미술관엘 갔습니다. 아니 동물원 옆 미술관에 갔다고 하
는 편이 더 괜찮게 들립니다. 과천에 오면 왠지 동물원과 미술관은
언제나 늘 그렇게 이웃해 있어야 하는 법이라도 있는 것처럼 '미술관
옆 동물원'이라는 말이 참 잘 어울립니다. 동물원이라는 말은 우리들
의 가슴속에 숨어 있는 빛바랜 유년의 기억들을 끄집어내어 가슴을
풍선처럼 부풀게 하고, 한편 미술관이라는 단어는 차분한 정밀의 공
간 속에서 유유자적 그림 속의 풍경을 마주하는 내밀한 시선의 즐거
움을 상기시킵니다. 그래서 '미술관 옆 동물원'이라는 말 속에는 이
두 가지 심상이 조화롭게 어우러져 묘한 공감각(共感覺)적인 효과를
주는 듯합니다.

　〈미술관 옆 동물원〉이라는 영화가 있었습니다. 심은하와 이성재가 주연으로 나온 영화였는데 〈집으로〉라는 영화를 만든 여류 이정향 감독의 섬세한 여성적 시선과 심은하의 풋풋한 매력이 가을 단풍과 어우러지면서, 남녀 사이에 싹트는 묘한 사랑의 감정을 잔잔하게 그린 영화입니다. 영화 속에서 춘희(심은하)는 한 남자를 짝사랑하고 있었고, 철수(이성재)는 배신한 여자를 되찾겠다며 오기를 부립니다. 같은 공간에서 사랑에 대한 상처를 저마다 안은 채로 가슴속에 피어오르는 사랑이라는 감정에 대한 질문들을 가볍지만 경박하지 않은 톤으로 묻고 답해 가는 과정을 통해서 서로에 대한 사랑의 감정을 틔우게 되는 줄거리였던 것 같습니다.

　그래서 그런지 과천동물원 앞길로 접어들면 항상 영화 속 장면들이 오버랩 되어 마치 제가 그 영화 속 주인공이라도 된 것처럼 느껴집니다. 영화 배경처럼 노란 단풍잎들이 사열하듯 서 있는 동물원 앞길을 지나 미술관의 고즈넉한 길로 접어듭니다. 꼬불꼬불, 하늘은 파랗습니다.

　과천 현대미술관에서는 전위 행위예술가들의 특별전시회가 있었는데, 백남준에서 '낸시 랭'에 이르기까지 행위예술의 트렌드를 일별하고, 3층에서 나무사진전을 감상하고 밖에 나오니 미술관 앞마당엔 어느새 짙은 단풍나무들의 음영이 드리워져 있었습니다. 오후의 빛을 받아 더욱 빛나 보이는 나뭇잎들의 노랗고 붉은 향연들을 벤치에 앉아 무연히 바라보며 영화 〈미술관 옆 동물원〉에서 춘희(심은하)가 독백처럼 읊조리던 대사를 기억해 봅니다.

　　　비는 싫은데 소나기는 좋고
　　　사람은 싫은데 당신만은 좋습니다.
　　　내가 하늘이라면
　　　당신에게 별을 주고 싶습니다.
　　　내가 꽃이라면

당신에게 향기를 주겠지만

나는 사람이기에

당신에게 사랑을 드립니다.

　　　　　　　　－ 영화 〈미술관 옆 동물원〉에서

나는 사람이기에 당신에게 사랑을 드립니다.

31

삼포三浦 가는 길

창밖을 내다보면 횅하니 지나는 바람 속에 낙엽이 분분(紛紛)합니다. 늘 그렇듯이 세월은 가고 또 오는 것이지만 자연이 그 나신(裸身)을 적나라하게 드러내는 11월이 되면, 벌써 마음은 겨울 들판에 은꽃처럼 날리는 하얀 눈을 그리워하게 됩니다. 눈이 내리면 땅도 하늘도 집들도 나무들도, 온갖 물상들이 포근하게 우주의 저 끝 모를 심연에서 부어 주는 은(銀) 세례를 받아 새로운 세상으로 거듭납니다. 눈이 내리면, 한 해 동안 거친 세상에서 얻었던 기쁨과 환희의 기억뿐 아니라 크고 작은 마음의 생채기와 억울함까지도 모두 하나처럼 따스하게 덮어집니다. 또 눈이 내리면, 사람들의 움츠러진 어깨너머로 조금은 우울한 한기(寒氣)가 지나가기도 하지만, 사람들은 변함없이 찾아올 봄을 이야기하며 따뜻한 눈빛으로 서로의 체온을 조금씩 나누어 가지게 됩니다. 그리고 사람들은 몇 년 후 겨울이 다시 찾아오면 이렇게 말을 하게 되지요.

"그해 겨울엔 참 눈이 많이 왔었지……."

황석영을 처음 만난 것은 《무기의 그늘》이라는 소설을 통해서였는데 제 나이 또래가 되신 분들은 기억하시리라. 국군의 월남파병 시절, 소풍 가는 버스 안에서 불렀던 맹호, 청룡, 십자성 부대가를. 이무렵 해병대로 월남전에 직접 참전한 작가가 월남전의 실상을 본격적으로 그린 작품이었습니다. 그런데 정작 황석영의 문학 세계에 빠지게 된 것은 바로 그가 문단에 등단할 무렵에 쓴 《삼포 가는 길》이라는 단편이었습니다. 《삼포 가는 길》은 영화로 만들어지기도 했는데, 이 소설의 배경에도 눈이 분분하게 내리고 있었습니다. 여기저기 돌아다니며 공사판에서 일하는 영달이와 정씨, 그리고 공사판 근처 술집에서 몸과 웃음을 파는 백화, 이 세 사람은 어느 날 각자가 일하던 곳에서 도망쳐 나와 눈발이 하얗게 내리는 들판에서 우연히 만나게됩니다.

정처 없이 밑바닥 인생을 떠도는 이들에게는 그 추운 겨울날 눈이내리는 산과 들길을 걸으며 영달의 고향인 삼포로 가게 됩니다. 하지만 삼포는 더는 존재하지 않는 잃어버린 고향입니다. 눈길에서 만난세 사람은 고향을 찾아 길을 떠났지만 정작 눈 오는 길에서 길을 잃어버립니다. 그리고 고향을 잃은 세 사람은 다시 정처 없이 각자의길을 떠나게 됩니다.

그들이 걸었던 눈길은 바로 우리가 살아가는 삶의 무대이며, 그들이 받은 상처와 아픔은 바로 인간이 숙명적으로 안게 되는 고통입니다. 거기다가 사라진 고향 삼포는 바로 우리의 인생이 어디로 흘러가는지 알지 못하는 운명의 메타포입니다. 춥고 서글픕니다.

하지만 눈이 내립니다. 고운 눈이 내립니다. 세 사람이 알지 못하는 사이에도 그들의 지친 어깨 위로는 은빛 눈발이 쌓입니다. 그리고 그들은 그 짧은 동행에서 서로에게 향하는 연민과 사랑으로 위안과 온기를 느끼게 됩니다. 우리가 나그네처럼 왔다가는 이 세상도 '삼포 가는 길'처럼 때론 춥고 외로울 때가 있지만 신은 우리에게 서로의 상처를 따스하게 만져줄 사랑이라는 이름의 불씨를 주었습니다.

이제 겨울이 오면, 그래서 눈이 또 하얗게 쌓이면 더 뜨겁게 더 열심히 사랑해야겠습니다.

백양사 가는 길

 길에서는 누구나 나그네가 됩니다. 사실 삶이라는 것이 정처 없이 떠나는 여행과도 같아서 누구는 길에서 진리와 구원의 푯대를 만났다고 하기도 하고, 또 어떤 이는 먼지 나는 길에서 생채기 투성이의 기왓장 조각을 부여잡고 슬피 울기도 합니다. 어떤 사람은 떠나 온 곳이 못내 그립고 아쉬워 자꾸 뒤돌아보기도 하고, 누구는 파란 하늘 아래 심어진 가로수 길을 하늘빛을 닮은 눈매를 하고 머리를 숙인 채 묵묵히 걸어가기도 합니다. 그러고 보면 길이란 우리 각자에게 모두 다른 길입니다.

지금도 백양사 가는 길을 떠올리면 마치 봄날 마당 한가운데 심어 놓은 모과나무 열매 하나가 툭, 하고 마당에 떨어지듯 불현듯 가슴이 아련해집니다. 그 길은 마치 류시화의 시처럼 "집을 떠나 생각하니 삶에서 잃은 것도 얻은 것도 없다."는 삶에 대한 초탈 혹은 무연함을 기억나게 하는 길이며, 요즘처럼 늦가을의 짙은 단풍잎이 지며 시간

이 급하게 흘러가는 세월의 여울목에서는 무한한 그리움을 자아내는 마음속 정경(情景)이기도 합니다.

　광주에 다녀오는 길에 우연히 들른 백양사는 굽이굽이 큰 호수를 지나 꿈결처럼 누워있었는데, 그 호수의 이름은 '장성호'라고 했습니다. 왜 전라도가 그 깊은 정신과 심오한 철학, 그리고 농익은 예술의 고향이 되었는지는 한 번이라도 전라도의 가을 길을 걸어본 자는 알게 되리라.

　왜 시인 신동엽이 한라에서 백두까지 모든 쇠붙이는 가고 오로지 향기로운 흙 가슴만 남으라고 했는지, 한 번이라도 전라도의 한(恨)과 혼(魂)이 맺혀 있는 백양사로 가는 그 향기로운 길을 걸어본 자는 알게 되리라. 백양사에 발길을 들인다는 말은 잠시 세월의 흐름을 정지하고 우리가 지금껏 걸어온 길들을 아주 천천히 반추한다는 말과 같습니다. 박제된 시간이 묻혀 있는 부도를 지나, 노란 잎이 흐드러진 은행나무 밑의 나무 벤치에 앉습니다. 떨어진 단풍잎들 사이로 파란 하늘이 지납니다. 앞을 봅니다. 고요와 정밀한 기운이 사찰에는 대승(大乘)입니다. 이 고요함이 가슴으로 천천히 밀려들어옵니다.

쌍계루 정자가 앞에 있는 연못에 비치는 모습은 어쩌면 이 세상이란 것이 두 개의 것이어서 하나는 하늘 위를 지나고 또 다른 하나는 저렇게 물 위에 떠 있는 것인지도 모르겠습니다. 그리고 누구 그리운 이름 하나 있어 그 이름을 저 연못에 대고 가만히 불러 본다면 그 이름도 아주 천천히 낮은 목소리로 속삭이듯 대답할 것만 같습니다.

슬프도록 아름다운 길 – 그 길은 백양사의 연못에도 나 있습니다.

바람이 전하는 말

33

《성 프란시스의 작은 꽃들(The little flowers of St. Francis)》이
라는 고전에 보면 이탈리아의 작은 마을 앗시시의 수도사였던 프란
시스가 실제로 길가에 핀 꽃이나 나무들과 대화를 나누었다는 내용
이 나옵니다. 이 책을 처음 읽었을 때만 해도 조금은 억지스러운 이
런 내용이 오히려 그분의 신비감을 떨어뜨린다고 생각했었습니다.
사람이 꽃과 나무들이 하는 말을 알아듣는다는 것은 인간의 이성으
로는 도저히 이해할 수 없는 일이니까요.

하지만 때론 우리가 자연의 소리를 들을 수 있을 때가 있습니다.
산에 오르기를 좋아하는 사람은 만물이 모두 자기의 고유한 소리가
있음을 알게 됩니다. 새소리, 물소리, 바람 소리, 심지어 밤하늘에
떠 있는 별과 달, 태양과 구름도 모두 저마다의 말로 무언가 계속 우
리에게 말을 걸어옵니다.

대숲을 스치는 바람 소리에는 세상일에 지친 사람들에게 전하는 위로의 말이 묻어 있습니다. 은빛 고운 눈이 높은 고개 너머에 흩날리는 소리에는 처연한 아련함의 언어가 섞여 있습니다. 낙엽 한 장이 툭, 하고 가을 마당에 떨어지는 소리에는 우주의 순환과 섭리를 전해주는 고귀한 메시지가 숨어 있습니다. 봄이 되어 새싹들이 돋아나는 그 경이로운 몸짓에는 부활과 생명의 신비로운 울림이 있습니다.

자연은 서로에게 귀를 닫는 법이 없습니다. 자연에 생명의 약동이 가득한 것은 그들이 서로 거스르는 법이 없기 때문입니다. 자연 만물이 그 오랜 세월 동안 단 한 치의 어김 없이 때를 따라 풍성한 결실을 맺고 온전히 순환하는 이유는 바로 "서로에게 귀를 기울이기 때문"입니다.

바이올린과 같은 현악기가 몇 백 년을 지나면서도 아름다운 소리로 사람에게 감동을 주려면 나무의 재질도 물론 중요하지만, 현(鉉)을 활이 스칠 때 나는 소리가 울려 나가는 가운데 공명통을 얼마나 세심하게 만드느냐에 달려 있다고 합니다. 그 공명통이란 것이 그야말로 악기의 비워져 있는 부분인데, 스트라디바리우스와 같은 명품 바이올린은 공명통의 비어있음이 아주 특별해서 전 세계에 100여 점에 불과하다고 합니다.

우리가 자연이 전해주는 소리를 들을 수 있으려면, 또한 사람들 사이에 진실이 울리게 하려면, 우리의 마음을 온전히 비워내고 순전한 그 비움으로 자연과 사람이 하는 말에 귀를 기울여야 하지 않을까요?

오늘은 잠시 제 마음에 가득 찬 아집과 편견의 짐을 모두 비워 놓고, 바람의 마음이 되어 바람이 전하는 그 간절한 말을 듣고 싶습니다.

34

은비령銀飛嶺

시인 김광균은 눈이 내리는 소리를 '머언 곳에 여인의 옷 벗는 소리'라고 절묘한 청각적 메타포로 노래했습니다만, 저는 웬일인지 함박눈이 펑펑 내리는 겨울날이면 어느 이름 없는 높은 고개 너머 하늘 위로 마치 은가루가 날리듯 분분히 내리는 눈의 이미지가 떠오릅니다. 이러한 심상(心象)은 아마도 이순원의 소설 《은비령(銀飛嶺)》의 영향임이 분명한데, 언젠가 TV 문학관에서도 보았던 은비령의 하얗게 날리는 눈이 제 마음의 심연에 곱게 쌓여 아직 녹지 않고 있기 때문입니다.

나무들이 숨을 죽이고 겨울을 나고 있는 은비령의 깊은 계곡으로 밤새 눈이 퍼부어 만상(萬象)을 순백으로 덮으면, 오직 순결한 원시의 바람 소리만이 남아 나무와 얼어붙은 별들 사이로 흐를 것입니다. 길지 않은 우리의 이 땅에서의 삶이라는 것도 저처럼 소리 없이 묻혀가는 것이기에, 흩날리는 눈발을 보며 삶과 죽음이 영원한 우주의 질서

안에서 결국은 같은 것이라는 깨달음을 얻게 됩니다.

소설 속에서 작가는 우리가 사는 세상의 모든 일 – 사람끼리 만나고 헤어지고 또 아파하는 – 그 모든 일이 2,500만 년이라는 아득한 세월을 주기(週期)로 반복된다고 말하고 있습니다. 그래서 남자와 여자가 만나 나누는 애틋한 사랑도 봄날 바람꽃처럼 우리 곁에 왔다가 이내 스러져 다시 저 아득한 별로 화하여 광대한 우주 속으로 흘러가 버리지만, 또다시 영겁의 시간이 흘러 2,500만 년이 되면 두 사람이 지상에서 해후하게 된다는 생각은, 이 세상에서의 짧은 여행길을 걸어가는 우리에게는 잠시 따뜻한 위로가 됩니다.

거실 창을 통해 보이는 산 중턱엔 어제 내린 눈이 잔설이 되어 하얗게 누워 있습니다. 잎들을 남김없이 떨어트린 겨울나무들도 추운 겨울을 감당하려 꿋꿋합니다. 나무에게 눈 내리는 겨울밤은 늘 안으로 안으로만 침잠하여 마침내 그리움의 극한에서 하늘을 향하는 간구의 시간일 것만 같습니다.

2,500만 년 후 그 아득한 해후까지의 약속을 기다리려, 고운 눈은 은가루가 날리듯 겨울나무 위로 그렇게 하염없이 내리는 걸까요?

35

사랑이 어떻게 네게로 왔는가

아주 오래전 '킴 카잘리(Kim Khazali)'라는 여성 만화가가 모 일간지에 연재했던 한 컷짜리 만화가 있었습니다. 이 만화는 매일 '사랑이란…….(Love is……)'이라는 제목으로 남자와 여자 캐릭터를 등장시키면서 사랑의 정의(定意)를 내리고 있었는데, 기억나는 대로 적어보면,

"사랑은 언제나 그의 곁에 있어주는 것(Love is always having him near)" 이라든가, 또는 "사랑이란 당신 인생의 꿀과 같은 것(Love is the honey in your life)"이라고도 했다가, 또 어떤 날에는 "사랑이란 언제 뒤돌아보아도 그 자리에 있어주는 것(Love is what you see when you look back)"……. 이런 식으로 매일 아침마다 만화를 보는 사람의 고개를 절로 끄덕이게 하는 간결한 표현으로 한동안 많은 사람의 사랑을 받았던 만화였습니다.

생각해 보면 사랑이라는 것은 이 세상을 지금까지 꾸며 내려온 원초적인 동력과도 같아서, 온 우주의 운행 원리이며 모든 피조물의 생존에 호흡처럼 내재하는 넓고도 깊은 가치이기에, 섣불리 한 줄의 어쭙잖은 언어로 정의하기 어려울 것입니다. 그러기에 우리 인간들은 사랑이라는 그 바다처럼 깊은 심연이 잠깐잠깐 그 신비를 보여주는 순간들을 보석처럼 마음에 담아두었다가 "그래 이런 것이 바로 사랑일 거야." 하면서 아련한 눈빛이 되나 봅니다.

1980년대 초 제가 대학에 다닐 때의 일입니다. 일찍 군 복무를 하고 복학을 하고 난 후 만났던 영문과 후배 하나가 자취방에서 연탄가스에 중독되어 세상을 떠났습니다. 18세기 낭만파 영시(英詩) 강독 수업 시간 중에 감동적인 시구 하나에도 눈물을 뚝뚝 흘릴 정도로 사슴처럼 예민한 감수성을 지녔던 이 후배는 얼굴이 유난히 하얗고 목이 길어서, 우리는 그녀를 모딜리아니의 그림 속에 나오는 여인이 환생했다고 농담을 하곤 했었습니다.

그녀가 죽기 하루 전날만 해도 제가 학교 식당에서 점심을 먹고 나오던 초겨울 오후, 어디 있다 나타났는지 제 어깨를 툭 치며 "형! 전혜린은 왜 그렇게 일찍 세상을 버렸을까?"라고 뜬금없는 질문을 던지며 배시시 웃던 그녀를 벽제 화장터에서 한 줌 연기로 보내고 학교로 돌아오는 길, 한 사람이 떠났을 뿐인데 온 세상이 텅 빈 느낌이었습니다. 서울의 거리에는 변함없이 숱하게 많은 사람과 차가 지나가고, 밤이 되면 눈부신 네온사인들이 불야성을 이루고, 달과 별들이

제자리에서 반짝이고 있어도 세상은 텅 비어 있었습니다. 한 사람이 떠났을 뿐인데……

세월이 또 구름처럼 흘러 어느 날 시인 문정희의 시집을 읽다가 그녀의 〈기억〉이라는 시에서 "한 사람이 떠났는데, 서울이 텅 비었다."라는 구절을 발견하고 전율했던 적이 있었습니다. 그리고 제가 그 목이 긴 모딜리아니 그림 속의 여인처럼 생긴 그녀를 끝내 잊지 못하고 그리워하고 있음을 깨달았습니다. 그녀의 여린 심성과 고운 마음, 그녀의 창백한 얼굴을 사랑하고 있었음을 알았습니다. 그래서 이제는 만약 누군가가 저에게 사랑이란 무엇이냐고 묻는다면 '사랑이란 그 사람이 떠났는데 온 세상이 텅 비는 것'이라고 킴 카잘리처럼 말할 수 있을 것 같습니다.

아카시아 향기가 은은한 밤이 좋은 요즘, 독일의 낭만파 시인 '라이너 마리아 릴케(Rainer Maria Rilke)'의 〈사랑이 어떻게 네게로 왔는가〉를 읽으며 죽을 때까지 아름다운 사랑을 꿈꾸는 사람으로 살고 싶습니다.

> 사랑이 어떻게 너에게로 왔는가
> 햇빛처럼 꽃잎처럼
> 또는 기도처럼 왔는가.
> 행복이 반짝이며 하늘에서 몰려와
> 날개를 거두고

꽃피는 나의 가슴에 걸려온 것을……

하이얀 국화가 피어 있던 날
어쩐지 마음에 불안하였다.
그날 밤 늦게, 조용히 네가
내 마음에 다가왔다.
……
                    – 라이너 마리아 릴케, 〈사랑이 어떻게 왔는가〉

36

괜찮아

아침마다 두 딸아이를 학교로 가는 전철역까지 데려다 주는 일을 시작한 지 어느새 삼 년이 되었습니다. 집에서 아이들이 다니는 학교까지 교통편이 조금 불편하긴 해도 버스를 이용하게 할 수도 있지만, 일부러 이 일을 자청한 것은 매일 밤늦게 들어오는 아빠가 아이들과 조금이라도 함께할 수 있는 시간을 갖기 위해서였습니다. 거의 매일 새벽에 들어와 잠자는 아이들의 얼굴만 보다가 또 제가 늦잠을 자는 동안 딸들이 일찍 학교에 가 버리면 도대체 저와 두 딸은 대면하여 말 한마디 나눌 기회가 전혀 없을 것만 같았기 때문입니다.

처음에는 아침 7시면 아무리 피곤해도 자리에서 일어나는 일이 귀찮을 때도 있었지만 이젠 몸에 배어 아침마다 아이들을 태워 주면서 이런저런 대화를 나누는 시간이 참 좋습니다. 학교 공부는 힘들지 않은지, 친구들과는 사이좋게 지내는지, 학교 급식은 먹을 만한

지……. 이런저런 이야기를 하다 보면 어느새 차는 학교 앞에 도착합니다. 길지 않은 시간이지만 아이들은 아빠와 함께하는 이 시간을 좋아하는 눈치이며 때로는 오늘 시험이 끝났으니 찜질방 갈 돈을 달래는 둥, 동대문으로 옷 사러 갈 돈을 달라는 둥, 하며 엄마에게 못하는 청원까지 하기도 합니다.

고3인 큰 딸아이가 수능을 보고 나서는 학교에 가질 않아서 요즘엔 고2인 작은 애만 차를 타는데, 빈 한자리가 왜 그렇게 허전하든지요. 작은 애도 언니의 빈자리를 내심 아쉬워하는 표정이 역력했습니다. 그런데 하루는 작은애가 아침부터 허둥대는 모습을 보이길래 연유를 물었더니 아침에 지각하는 아이들은 교문에서 선생님이 엉덩이를 두 대씩 때린다는 것입니다. 지각할 정도로 늦게 간 적은 별로 없었던 것 같은데, 어쩌다 한 번 지각했던 모양입니다. 아무튼, 속으로 은근히 화가 나면서 "아니 이렇게 추운 겨울에 아침부터 매를 드는 선생님들이 있나? 더군다나 여자애들의 엉덩이를 때린단 말이야?" 하는 생각이 들었습니다.

아이들을 기르고 가르치다 보면 때론 엄한 징계가 필요할 때도 있겠지만 제 생각으론 사람을 올바르게 키워 내고 마음을 움직이는 교훈과 감화를 주는 것은 질책보다는 칭찬과 격려가 훨씬 효과적인 것은 아닐지. 매를 들다 보면 자칫 감정이 격해져서 아이들의 여린 마음에 상처를 주는 말까지 하게 되는데 사실은 이것이 더 무서운 폭력이 되는 경우가 많습니다.

살아온 날들을 되돌아보면 우리를 올바른 길로 이끌었던 것은 때론 잘못해도 끝까지 용서하고 위로해 주며, 약한 영혼이 지나친 열등감과 슬픔에 잠기지 않도록 토닥거려 주며 감싸주었던 사랑의 기억 때문이 아닐는지요.

2002 월드컵이 열리던 해, 선전을 거듭하던 우리나라 축구대표팀이 4강전에서 독일에 아깝게 패배했을 때 관중이 연호했던 "괜찮아, 괜찮아!"라는 구호가 가슴 뭉클했던 기억이 납니다. 여러분, 혹시 지금 주변에 실패와 잘못으로 의기소침해 있는 사람이 가까이 있다면 그에게 다가가 이렇게 속삭여 주면 어떨까요?

"괜찮아 그럴 수도 있지, 난 널 믿어, 괜찮아……."

37 쇼생크 탈출

창밖 풍경은 어제 내린 비로 온통 젖어 있었고 라디오에서는 귀에 익은 음악이 흘러나왔습니다. 모차르트의 '피가로의 결혼'에 나오는 '저녁 바람은 부드럽게(Che soave zeffiretto)'였습니다. 겨울비가 추적추적 내린 이른 아침에 참 귀한 음악을 우연히 듣게 된다 싶어 일부러 중앙공원 옆에 차를 세워놓고 눈을 감은 채로 모차르트의 선율에 마음을 실어 보았습니다.

따뜻한 차에 적신 마들렌 과자를 먹는 동안 갑자기 오랫동안 잊고 지냈던 시간과 경험의 감각이 살아나는 과정을 묘사한 마르셀 프루스트의 《잃어버린 시간을 찾아서(La Recherche du Temps Perdu)》처럼, 이른 아침 한적한 공원에서 듣는 '피가로의 결혼'은 제 상념 속에 잠자던 어떤 기억을 일깨웠습니다. 그 기억이란 바로 영화 〈쇼생크 탈출〉이었습니다.

141

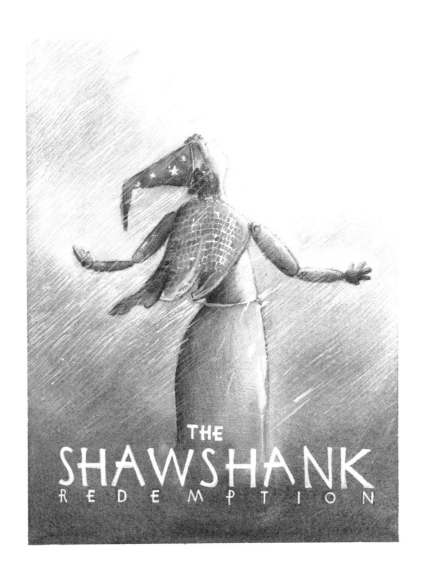

부정한 아내를 죽인 혐의로 억울하게 옥살이를 하던 주인공 팀 로빈슨(Tim Robinson)이 20년 동안 치밀하게 준비하여 마침내 탈출에 성공하여 진정한 자유의 공기를 마시게 되는 과정을 그린 이 영화는 이제 거의 클래식(고전)이 될 정도로 많은 사람에게 깊은 감동을 준 영화입니다.

영화 속에서 교도소 방송실에서 간수가 화장실에 간 틈을 타서 주인공이 문을 안으로 걸어 잠그고 모차르트의 피가로의 결혼에 나오는 '저녁 바람은 부드럽게'를 틀어 교도소 마당에서 일하던 모든 재소자가 모두 넋을 놓고 음악을 듣게 됩니다. 모차르트의 선율은 그들의 가슴속에 오랫동안 잊혀 있던 영혼의 자유와 소망을 일깨워 주었고 영화를 지켜보던 수많은 사람의 가슴 속에 묻혀있던 인간의 영원한 자유의지의 위대함을 상기시켜 줍니다. 잊을 수 없는 명장면입니다.

이 음악이 교도소 마당에 흘러나오는 동안 주인공과 친구 사이인 또 다른 복역수 '모건 프리맨(Morgan Freeman)'은 이렇게 독백합니다.

난 두 명의 이탈리아 여자가 무얼 노래했는지 지금도 모르겠다.
사실 알고 싶지가 않다.
어떤 것은 얘기하지 않는 게 가장 좋은 것일 때도 있다.
말로 설명할 수 없을 정도로 아름다운 무언가를 노래했고
그 아름다움은 가슴을 시리게 했다.
마치 아름다운 새가 날아와 벽을 허물어 버린 것 같았다.

그리고 아주 잠시나마, 여기 쇼생크의 모든 이들은 자유를 느꼈다.

스산한 겨울비가 내린 12월의 풍경 속에서 함께 모차르트의 '저녁 바람은 부드럽게'를 들으면서 발은 현실이라는 제한된 땅을 밟되, 우리의 생각과 이상은 늘 푸른 바다처럼 영원하고 아름다운 곳을 바라보았으면 좋겠습니다. 주인공이 20년 동안 매여 있던 감옥을 탈출하여 맛보았던 그 광활한 바다가 주는 자유의 느낌으로…….

38

유리 가가린의 푸른 별

한 인간이 지구로부터 약 300km 상공의 우주로 여행을 떠났습니다. 무한히 펼쳐진 신비한 우주의 적막과 외로움의 극한 속에서 그는 떨리는 눈빛으로 자신이 떠나온 지구를 천천히 내려다보았습니다. 그리고 '유리 가가린(Yurii Gagarin)'이라고 불린 이 사람은 이렇게 나지막이 중얼거렸습니다.

"1961년 4월 12일, 지구는 푸른 빛이다."

꼭 만나서 얼굴을 보고 이야기를 나누지 않더라도 왠지 오래된 친구인 양 가깝게 느껴지는 사람들이 가끔 있습니다. 소설가 은희경 씨가 바로 그런 부류의 작가였는데, 무엇보다 저와 태어난 해가 같다는 것, 그래서 비록 각자 세상의 다른 공간일망정 영겁의 우주 속에서 같은 시간을 채우며 같은 하늘 밑을 살아간다는 동지애는 각별하게 느껴지기까지 합니다. 물론 각자 세월의 캔버스를 채워가는 질료

들은 조금씩 다른 색깔과 질감이겠지만.

은희경 씨의 소설집 《아름다움이 나를 멸시한다》에 실려 있는 〈유리 가가린의 푸른 별〉이라는 단편은 그 제목만으로도 마음이 서늘해지는 느낌이 납니다. 유리 가가린(Yourii Gagarin)은 구소련의 우주인으로 최초로 우주를 여행하고 지구로 돌아온 사람입니다. 그가 지구로부터 수만 킬로미터 떨어진 곳의 깊은 암흑 한가운데 떠 있는 1인승 비행선 보스토크(Vostok)호에서 바라본 지구의 모습을 표현한 최초의 일성(一聲)은 바로 이것이었습니다.

"지구는 푸른빛이다."

어렸을 적 아버지의 직장을 따라 지방 소도시에서 잠깐 살았던 적이 있었습니다. 조금 먼 기억이어서 희미하긴 하지만 집 앞으로 크지 않은 논이 있고, 논이 끝나는 둑 위로는 기차가 다니고 또 기찻길 너머로는 배추와 무를 심어놓은 밭이 펼쳐져 있던, 도시도 아닌 그렇다고 시골도 아닌 어정쩡한 도시였던 것 같습니다.

어느 벚꽃이 분분히 날리던 봄날 오후, 아버지께서 나무로 된 대문을 온통 파란색 페인트로 칠했던 기억이 나는데, 그래서 제 기억 속에 그 집을 생각할 때면 늘 파란 대문이 먼저 떠오릅니다.

누구나 마찬가지이겠지만 유년의 기억이라는 것은 흐르는 강물처럼 점점 세월의 더께에 침윤되고 끝없이 멀어져 이제는 어두운 기억의 저편에서 희미하게 명멸하는 작은 등불이 됩니다. 그래서 가끔 비오는 거리를 걷다가 파란색 우산이라도 만날 때면 영화 〈쉘부르의 우산〉에서처럼 희뿌연 기억의 저편에서 보일 듯 말듯 흔들리는 그 옛날 집의 파란색 대문이 조그맣게 떠오릅니다.

지구에서 수만 킬로미터가 떨어진 아득한 우주 공간의 한복판에서 절대 고독을 안고 있던 유리 가가린의 눈동자에 비친 푸른색 지구와 제 기억 속에서 세월에 따라 점점 멀어져 이제는 아득한 추억 속에 자리 잡은 유년의 파란 대문은 얼마쯤이나 닮았을까요?

추억은 늘 푸른빛입니다.

39

헌인릉의 연인들

사랑이란 그런 것이지

이 우주의 셀 수도 없이 많은 별 중에,

점처럼 많은 그 모든 생명 중에

오직 단 한 사람과 이어지는 특별한 끈 같은 것,

그로 인해 온 우주가 비로소 의미가 생기는,

그런 것…….

　내곡동을 지나 양재로 이어지는 순환도로를 가다 보면 헌인릉 입구를 알리는 작은 표지판이 보입니다. 그곳은 바람이 추억처럼 부는 오르막길에서부터 슬그머니 꺾어진 작은 길을 따라 들어가야 하는 곳입니다. 거의 매일 지나다니는 길이지만 유심히 살피지 않으면 있는지조차 알 수 없을 만큼 외진 곳에 자리 잡아 사뭇 은밀한 분위기가 나는 곳입니다.

아직 오전 일곱 시가 안 된 시간, 서초동까지 가는 출근길에 조금 여유가 있어 문득 헌인릉으로 들어가는 작은 길로 접어들었습니다. 이렇게 이른 시간에 능을 찾아올 사람도 없으려니와 아무도 없는 한적한 능 입구에서나마 나무가 우거진 숲이 주는 정밀한 고요함으로부터 짧은 안식을 얻고 싶다는 생각이었습니다.

그런데 참으로 놀랍게도 아카시아 나무가 차가운 겨울 아침 바람을 맞고 있는 능 매표소 한 모퉁이에서 불현듯 한 쌍의 연인을 만나게 되었습니다. 스무 살이 갓 넘었을까, 앳된 얼굴에 두 손을 꼭 잡고 서로의 얼굴을 행복하게 쳐다보며 걷고 있는 이 한 쌍의 연인을 보는 순간, "사랑은 참 아름답구나!"라는 감탄이 마음속에서 일었습니다. 새벽 안개를 가르며 두 손을 꼭 부여잡고 나타난 겨울 아침의 연인들이라니!

추운 겨울 아침 한적한 능의 나무 사이를 걷고 있는 저들은 마치 저 깊은 헌인릉의 숲 속 어느 나무 등걸에 나란히 앉아 서로가 서로의 온기가 되어 별빛이 고운 밤을 지새웠을 것만 같은 동화적인 환상이 떠올랐습니다. 무엇보다 칙칙한 도시의 뒷골목이 아니라, 고요한 능의 아침을 함께 걸을 생각을 한 남녀라면 저의 이런 호의적인 환상에 값할 충분한 자격이 있다고 느껴졌습니다.

새벽에 가까운 시간에 만난 이 연인들 생각에 온종일 마음이 따뜻했었는데, 무엇보다 어린 남자와 여자의 얼굴에 떠오른 정직한 사랑

의 미소가 이 거친 세상을 넉넉히 이겨내어 아름다운 열매를 맺기 바라는 작은 소망을 품을 수 있었습니다.

그날 밤, 집으로 돌아와서 마이클 스콧(Michael Scott)의 그림들을 찾아보았는데, 그것은 바로 이 그림들이 아침에 만났던 헌인릉의 연인들에게 너무도 잘 어울린다는 생각을 했기 때문이었습니다.

한 배를 탄 두 연인에게 새벽이슬 내리는 밤도, 깊은 바다도 문제될 것이 없습니다. 서로가 얼굴을 묻고 함께 나누는 사랑의 체온만이 소중할 뿐. 달빛이 곱게 흐르는 밤, 푸른 나무 위의 조그만 나룻배 안에서도 둘은 영원의 꿈을 꿀 수 있습니다. 그들은 바로 서로에게 이 우주에서 하나뿐인 사랑이라는 이름의 별들이기에.

사랑이란 그런 것이지
이 우주의 셀 수도 없이 많은 별 중에,
점처럼 많은 그 모든 생명 중에
오직 단 한 사람과 이어지는 특별한 끈 같은 것,

그로 인해 온 우주가 비로소 의미가 생기는,
그런 것…….

40

달과 6펜스

소설가 김영하가 집을 팔고 여행을 떠난답니다. 이른바 88만 원 세대라는 서글픈 한국청년들의 고뇌와 좌절을 실감 나게 그려낸 장편 《퀴즈쇼》의 연재를 끝내고, 그동안 살던 집을 팔고, 디지털카메라와 노트북 하나만 달랑 들고 구름처럼 떠돌 거라고 신문에 쓰여 있었습니다. 갑자기 중남미의 칙칙한 뒷골목부터 고색창연한 프라하의 안개 낀 볼타 강(江)을 가로지르는 까를교(橋)의 미루나무처럼 서성이며 바람에 나부끼는 깃발 같은 자유를 만끽할 그가 한없이 부러워졌습니다.

그 부러움이란 바로 내가 먼저 해야 했을 일을 다른 누군가가 먼저 차지했을 때의 질투쯤 되는 감정이었는데, 일상에 얽매여 조금만 더 조금만 더 하다가 저렇게 나보다 훨씬 젊은 사람이 훌훌 미련 없이 길 떠나는 모습을 보노라니 부러운 마음 한량이 없을뿐더러, 사는 집까지 팔고, 집필하기 좋은 가벼운 신형 노트북과 아기 손만 한 디지

털카메라 하나만을 지니고 세상 밖으로 나가는 그의 모습이 참 대견
스러웠기까지 했습니다.

　서머싯 모옴(William Somerset Maugham)이라는 프랑스 작가가 쓴 소설
중에 《달과 6펜스(The Moon and sixpence)》라는 작품이 있습니다. 이 소
설은 제가 군대생활을 할 때 사단 휴양소에서 일주일간 꿈같은 휴식
을 취하며, 사단 도서관에서 빌려본 책이라서 더욱 기억에 생생합니
다. 런던의 증권회사 사원인 스트리클랜드라는 중년 남자가 갑자기
가족을 버리고 파리에 가서 화가가 되고, 다시 타히티 섬으로 건너가
토인 여자 아타와 동거하면서 대작을 남기고 결국은 문둥병으로 죽
는다는 줄거리입니다.

　그 책을 읽었던 때가 스물한 살– 물푸레나무보다 더 여리고 감수
성 예민한 나이였기도 했지만, 이 소설이 제 마음에 심어준 울림은
매우 커서, "나는 결혼 같은 굴레에는 갇히지 않을 것이고, 설령 주
변 상황 때문에 결혼하더라도 언젠가는 소설 속 주인공처럼 세상 사
는 것이 문득 지루해질 때, 미련 없이 모든 것 던져 두고 태평양 어느
이름 모를 타히티 같은 섬에 들어가, 피부 색깔 검은 원주민 처녀와
불꽃처럼 살다가 바닷가의 물거품처럼 슬며시 세상을 떠나리라."는
지금 생각하면 유치하기도 하고 대담하기도 한 결심 아닌 결심을 했
던 기억이 떠오릅니다.

　《달과 6펜스》의 스토리는 실제로 불꽃 같은 삶을 살다간 폴 고갱의

삶을 모델로 했다고 하는데, 오늘 아침 소설가 김영하의 길 떠나는 기사를 읽으며, 제 가슴 속엔 삼십 년 가까이 흘러버린 젊은 날의 헛된 맹세가 떠올라 혼자서 피식 웃었습니다.

그래도 언젠가는 나도 노트북 하나와 디지털카메라만 하나 챙겨 들고 구름처럼 세상을 주유(周遊)할 그 날을 아련히 꿈꾸는 것입니다.

41

민들레 홀씨 되어

"2002년 9월, 경기도 파주시 교하읍 당하리 파평윤씨 종중(宗中) 산 묘역에서 발굴된 파평 윤씨 임부(妊婦) 미라의 주인공은 조선 명종(明宗)때 문정왕후(文定王后)의 오빠였던 윤원량의 딸로 추정하고 있다. 사망연도는 부장된 치마 끝에 '병인 윤시월'이라는 한글 글씨가 있어, 1566년 겨울로 추정되며, 방사선 검사 결과 미라의 사망 시 나이는 20대 초반으로 밝혀졌다. 미라를 부검했던 김한겸 고려대 의대 교수는 '미라의 자궁에서 태아가 확인됐다'면서 산모가 아이를 분만하다 사망하여 미라가 된 것은 세계적으로 매우 드문 현상이라고 말했다. 김 교수는 또 미라의 뱃속에서 선충류와 같은 회충과 규조류, 꽃가루 등을 찾아냈으며, 16세기 사람들의 영양학적·의학적 측면을 이해하는 중요한 단서가 될 수 있다고 덧붙였다."

- 〈조선일보〉, 2008.2.15.

　얼마 전 신문에 보도된 파평 윤씨 여인의 미라 관련 보도를 접하고 부터 며칠 동안 사진에서 보았던 여인의 생생한 머리카락과 화석처럼 박제된 그녀의 몸이 자꾸만 떠올랐는데, 사실 그보다 더 가슴이 뛰었던 것은 잉태한 그녀의 뱃속에 들어있었다는 꽃가루였습니다.

　눈부신 세상에서 나부껴야 할 고운 꽃가루 하나가 어떤 경로로 땅 속 아득한 죽음의 공간을 헤집고 여인의 배 속에 스며들 수 있었는지 생각할수록 신기하고 놀랍기만 했었는데, 며칠 동안 운전을 하면서 생각을 해보니 그 꽃가루는 왠지 민들레 홀씨에서 피어났을지도 모른다는 생각이 들었습니다. 따뜻한 봄날, 향기로운 땅 위로 봄볕이 충만한 세상을 향해 어울렁더울렁 군무(群舞)처럼 흩날리던 민들레 홀씨 하나가 여인의 애달픈 죽음에 헌사(獻詞)하듯, 그 컴컴하고 아득한 어둠까지 내려갔던 것일까요?

 꽃다운 나이 - 갓 스무 살을 넘긴 눈에 넣어도 아프지 않을 딸이 출가한 후 모처럼 친정엘 왔으니 그녀를 맞이했던 부모의 애틋한 반가움은 말할 수 없을 정도였을 것입니다. 거기다가 손주를 잉태한 그녀가 때마침 출산의 진통을 겪으니 일순간의 산통이 지나면 해처럼 빛나는 또 하나의 생명체를 얻는다는 기대와 설렘으로 모든 일가친척이 가슴 졸이며 그녀의 해산을 기다렸을 것입니다.

 그러나 아기의 힘찬 울음소리 대신 죽음보다 깊은 적막이 집안을 감싸고, 꽃다운 딸아이와 또 그 딸이 세상에 보내려 그렇게 애쓰던 아기마저 죽고 말았을 터이니. 꽃조차 제대로 피워 보지 못하고 고통 속에 죽어간 어린 엄마의 슬픔과 세상으로 나오려고 발버둥 치다 이 생의 문턱에서 그만 자진(自盡)하고만 아기의 눈물과 한이 그대로 멈춰 영원 속의 화석이 되어 버린 모자(母子) 미라!

 덧없는 세월이 430여 년이나 흘렀지만, 신문에서 보았던 머리를 곱게 빗어 넘긴 이 젊은 여인의 한과 슬픔이 며칠 동안 가슴을 때렸습니다. 그리고 미라가 된 그녀의 배 속에 들어있던 꽃가루 하나는 어떻게든 세상의 밝은 빛으로 나와 봄빛이 흥건한 대지 위를 너울 치리라는 꿈을 꾸어 봅니다. 이제는 홀씨가 아닌 겹씨가 되어, 마침내 밝은 세상 속으로……

42

Red

밤늦은 새벽 시간에 귀가하는 일이 잦다 보니 환한 대낮에는 잘 보이지 않던 것들이 눈에 들어올 때가 많습니다. 요즘처럼 겨울이 그 남루한 옷을 벗어버리고 청량한 공기, 따뜻한 햇볕과 함께 푸릇푸릇 봄기운이 귓가에 어른거리는 삼월 초순이 되면, 겨울밤의 냉정하던 차가움도 어느새 온화한 바람이 되어 때론 차창을 열고 저 아득한 남녘의 산과 강을 넘어온 봄바람을 기분 좋게 호흡하기도 합니다.

어젯밤이었습니다. 새벽 한 시가 가까운 시간에 무연히 차를 타고 가다가 어느 한적한 교차로에서 신호등을 만났습니다. 저쪽에서 달려올 때는 초록색으로 빛나던 신호등 불빛이 주황색으로 바뀌더니 이내 붉은색으로 변하게 되어, 고삐를 당긴 짐승처럼 가쁜 숨을 몰아쉬며 씩씩대고 있던 차를 세워놓고 물끄러미 신호등을 바라보고 있었습니다.

지나가는 차는 한 대도 없었고 봄 하늘의 별들은 보일 듯 말 듯 희미한데, 새벽에 바라본 신호등의 붉은색은 사실 자세히 바라보니 선홍색에 가까웠습니다. 낮에는 좀처럼 드러낼 수 없는 그 본래의 색깔이 껌껌한 밤하늘을 배경으로 선연히 빛나고 있었고 그 짧은 몇 초간에 바라본 선홍색 신호등 색깔이 잊힌 추억 속의 눈동자처럼 가슴에 여운처럼 남아버렸습니다.

집으로 오는 길에 우리는 얼마나 레드 콤플렉스에서 자유로워졌는지 갑자기 궁금해졌습니다. 금기(禁忌)와 코뮤니즘의 동의어였던 빨간색이 그 우악스러운 편견의 그늘에서 벗어나 본래의 고운 때깔로 인간 생활의 다양한 스펙트럼의 한 부분으로 대접을 받으려면 교통 신호등조차 전진 금지를 상징하는 것에서 이제는 좀 풀어놓아도 좋지 않을까요?

붉은색을 생각하니 20여 년 전 중국의 장예모 감독이 만든 〈붉은 수수밭〉이라는 영화에서 펼쳐지던 선홍색 수수밭과 고량주의 곱던 빛깔이 떠오릅니다. 또 기억을 더듬어보니 키에슬로부키(Krzysztof Kieslowski) 감독의 〈세 가지 색-레드〉에서 영화 전편에 흐르던 아름다운 붉은색과 적막한 이 세상을 살아가면서 가슴 속에 따뜻한 등불 같은 사랑 하나를 붙들 수 있다면 얼마나 행복한 일인가를 역설하던 감독의 따뜻한 메시지가 생각나기도 합니다.
하지만 제 마음속에 남아있는 가장 숭고하고 아름다운 붉은색의 이미지는 바로 윤동주의 시 〈십자가〉에서 어두워가는 하늘 밑에 조용히

흘리겠다는 꽃처럼 피어나는 피의 선연함입니다.

　자기를 희생하여 남을 살리겠다는 고귀한 정신의 깊이는 우리가 지
향해야 할 거룩의 극한임을 믿기에⋯⋯.

　　　괴로웠던 사나이
　　　행복한 예수 그리스도에게처럼
　　　십자가가 허락된다면
　　　모가지를 드리우고
　　　꽃처럼 피어나는 피를
　　　어두워가는 하늘 밑에
　　　조용히 흘리겠습니다.
　　　　　　　　- 윤동주, 〈십자가〉

43

희원熙園

벚꽃이 하얗게 분분(紛紛)합니다. 거리마다 눈부시게 피어나는 고운 꽃잎들이 바람을 타고 하나씩 둘씩 떨어져 하늘로 날리는 모습이 곱습니다. 봄날은 늘 그렇듯이 설레는 마음 실을 자꾸만 불러내어 세상이 이토록 아름다움을 보여주려 합니다.

용인에 갔습니다. 경부고속도로를 타고 가다가 다시 영동고속도로로 접어들어 조금만 더 가면 마성 나들목이 나오는데, 에버랜드로 가는 길이기도 합니다. 하지만 제가 가는 곳은 다른 곳입니다. 바로 삼성 회장의 개인미술관인 호암미술관입니다. 그곳은 수많은 사람의 발길을 바로 옆에 있는 에버랜드로 이끄는 사이, 인적이 드물어진 한적한 곳이기도 하여 언제 가보아도 늘 조용하고 운치가 있습니다.

날씨와 관계없이 이곳의 정취는 사계절 어느 때나 마음에 차분한 공기를 불어넣어 복잡했던 머리가 맑아지기도 하고, 살아서 숨 쉬는 일에 새삼 감사하는 마음이 들기도 하는 곳으로, 마치 수필가 이양하가 그의 《신록예찬》이라는 수필에서 연세대 뒷산 나무 그루터기를 자신만의 은밀한 안식처로 삼은 것과 비슷한 기분을 자아냅니다.

삼성 이건희 회장이 사재로 조성한 이 미술관에는 고려, 조선 시대의 국보급 도자기나 문인화와 서첩들이 전시된 곳인데, 아득할 정도로 조용하고 아담한 전시장을 유유자적(悠悠自適) 둘러보는 것도 좋지만, 제가 사랑하고 아끼는 것은 바로 이 미술관 앞 정원인 희원의 아기자기한 돌담길과 작은 호수들, 돌담에 속삭이듯 여울지는 햇살이 주는 평화로움입니다.

제가 여기에 들렀을 때는 벚꽃이 매표소 입구에서부터 눈부셨는데, 희원에 들어와 미술관으로 이르는 정원 문을 들어서니 거기에도 작은 벚나무들이 하얗게 꽃을 피워내고 있었습니다. 이십여 분이면 모두 둘러볼 수 있는 아담한 작은 정원, 인적이 드문 이곳 마당을 걷노라면 세상의 모든 번잡이 저만치 물러가면서 한껏 마음의 평화를 누릴 수 있습니다.

미술관에서 열린 '그림 속의 글들'이라는 특별전시회를 둘러보고 나와서는 아이처럼 매점에서 아이스크림 하나를 사 먹으면서 미술관 뒤쪽의 후원을 걸었습니다. 등 뒤로는 따스한 봄빛이 간질거리고 눈을 들어보면 파란 하늘, 머리를 숙이고 걸으면 향기로운 봄풀들이 꼼지락 기지개를 켜대고 있습니다. 웅숭깊은 대지의 냄새와 함께.

어찌 된 일인지 나이가 들면서부터는 사람이든 사물이든 화려하게 치장한 앞쪽보다는 자꾸 뒤태를 살피는 습관이 생기는데, 이런 곳에 와서도 두 팔 벌려 사람들을 맞이하는 정면의 풍경보다는 왠지 구석지고 외진 뒤편 돌담길 같은 곳에 숨어 있는 아름다움에 더 눈길이 가게 됩니다. 누군가는 '결국 뒤편이 진실이다.'라고 말했다는데 호암미술관의 소담스런 정원 뒤편에서 만나는 푸른 대나무를 벗 삼아 서 있던 돌담과 그 돌담에 새겨진 은은한 무늿결을 보노라면 행복의 뭉게구름이 마음속에서 기쁘게 피어오릅니다.

희원(熙園) – 내 마음의 빛나는 정원입니다.

호밀밭

친구가 사진 몇 장을 보내왔습니다. 사실 사진을 보내왔다기보다는 최근에 만든 대학동창 홈페이지에 봄날의 정취를 듬뿍 담은 사진을 찍어 올린 것이지요. 사진 촬영이 거의 전문가 수준인 이 친구의 사진을 하나하나 찬찬히 감상하다가 한 작품에 시선이 머물렀습니다. 경기도 안성 근처에서 찍은 사진이라고 하는데, 파란 하늘 밑에 초록색 호밀밭 언덕이 펼쳐지고 오른쪽 배 밭에서는 하얀 배꽃이 봄 햇살을 받아 눈부시게 빛나고 있었습니다.

이 사진을 보는 순간, 제 가슴 속 작은 마당 위로 모과나무 열매가 하나 툭 하고 떨어졌습니다. 그것은 마치 버스나 기차를 타고 가면서 차창 밖으로 보이는 시골 풍경에 가슴을 먹먹하게 만드는 무언지 모를 아련함 같기도 하고 그리움 비슷하기도 하며, 때론 슬픔에 닿아 있는 듯한 느낌이었습니다.

보리밭과 흡사하게 생긴 호밀밭의 짙은 푸름은 사람의 마음에 피어나는 잔잔한 그리움의 노래처럼 귓가로 여울졌고, 오른쪽에 눈부시게 빛나고 있던 배꽃들은 우리가 살아가는 인생살이의 작은 기쁨들인 양 애틋했습니다. 우리가 그렇게 붙들려고 하는 행복이라는 이름의 꽃들처럼.

호밀밭 언덕 너머로 이어지는 아득한 산줄기들은 동화 속 미치르와 치르치르가 행복의 파랑새를 찾아 떠났던 그 부질없는 여행의 결말

이 결국은 행복의 파랑새는 바로 지금 이 순간, 바로 이곳에 있다는 진리를 깨닫게 해주었다는 것을 떠오르게 합니다.

그리고 나무들, 언제나 나무는 우리들의 지친 어깨 위로 그늘을 드리우는 위로의 친구이며 늘 같은 자리에서 안분지족(安分知足)의 철학을 일깨우는 위대한 견인주의자(堅忍主義者)! 사진 가운데 있던 한 사람의 발자취가 외로워 보이지 않는 것은 바로 호밀밭 언덕 위에 하늘을 향해 두 팔 벌리고 말없이 서 있던 나무 때문일 것입니다.

나무는 그 외로움으로 외로운 영혼을 위로합니다.

그리운 바다 - 성산포

오늘 오후 차를 타고 길을 가다 문득, 아주 문득 제주 성산포의 푸른 바다가 못 견디게 그리워졌습니다. 가끔 신열을 앓듯, 과거 속의 어떤 사람이나 어느 공간이 눈물이 나도록 보고 싶을 때가 있는데, 아무래도 나날이 초록기운이 흔연히 번져나가고 있는 사월의 눈부신 세상이 이 뜬금없는 그리움의 유죄를 져야 할 것만 같습니다.

몇 년 전 우도(牛島)를 오르기 위해 배를 기다리는 동안, 해변에 흐드러지게 피어 있던 노란 유채꽃 향기와 비릿한 소금 내음과 푸른 하늘과 제주의 향기로운 흙냄새를 맡으며, 저 멀리까지 눈물겹게 펼쳐져 있던 성산포 앞바다를 무연히 서 있던 기억이 납니다. 가없는 바다 앞에 서 보신 분들은 아시리라, 우리가 어디에서 와서 왜 살며 또 어디로 가는지 알지 못하더라도, 추억처럼 누워 있는 바다 앞에서는 그저 먹먹한 가슴 한 줌과 한줄기 그리움의 눈물로만 침묵할 뿐이라는 것을…….

그래서 시인 이생진은 성산포를 떠나지 못하고 '그리움이 없어질 때까지 저 섬에 살자.'라고 노래했을까요? 성산포에서 배를 타고 우도에 내리면 세상의 모든 바람을 불러 모은 듯한 바람이 얼굴을 때립니다. 하긴 이미 성산포에서 매운 그리움에 취해 비틀거리는 사람들의 영혼을 흔들어 깨우려면 세찬 바람이 필요했으리라. 저 멀리 하얗게 빛나는 등대를 향해, 발밑에 속삭이는 풀들을 밟으며 한 걸음 한 걸음을 떼는 발자국마다 아지랑이 같은 그리움이 뚝뚝 묻어납니다.

우도봉에 오르면 세상은 온통 그리움뿐입니다. 그리운 사람, 그리운 사랑. 그래서 노란 유채꽃 너머로 보이는 성산포의 푸른 바다는 술에 취한 듯 물을 베고 자고 있지만, 목이 메도록 불러 보는 애절한 목소리는 한 줄기 바람이 되어 다시 가슴으로 불어옵니다.

그리운 사람, 그리운 사랑…….

46

잃어버린 시간을 찾아서

강화도에 갔던 것은 순전히 제 마음속에 늘 자리 잡고 있던 강화도 어느 들녘을 다시 찾아보려는 생각에서였습니다. 그 들녘이란 처음으로 이 섬을 찾았던 가을날, 석양이 비스듬히 드리워지던 해 질 녘 풍경 속이었는데, 어렸을 때 살았던 염전 인근 풍경과 놀랍도록 비슷한 분위기를 자아내고 있었습니다.

저 멀리 해안가에는 간조가 되었는지 회색빛 갯벌이 아련히 펼쳐져 있고, 나지막한 산등성에는 어른 키만큼 자란 갈대들이 서로 수런거리며 석양빛을 받고 서 있던 곳. 그리고 기역 모양으로 휘돌아 나가던 제방 위로는 달맞이꽃과 엉겅퀴가 무성히 피어오르고, 어디선가 바람에 묻혀 비릿한 소금 냄새가 맡아지던 곳. 그 알싸한 소금 냄새에 공연히 눈가가 젖어오던 곳.

서울에서 태어난 제게 약 삼 년 동안 어린 시절의 무지갯빛 추억을 간직하게 해 준 인천의 염전 마을은 그 턱없이 짧은 거주 기간에도 평생 고향처럼 기쁠 때나 슬플 때나 마음에 위안을 주는 곳이 되어버렸습니다. 몇 년 전 그 마을을 찾았을 때는 수많은 가구공장이 들어서서 이제는 아이들과 뛰어놀던 드넓은 염전과 바다를 끼고 휘돌아나가던 제방은 흔적도 없이 사라져 버리고 말았습니다.

왜 이 세상의 가장 소중한 것들은 자꾸만 스러져가는 것일까요?

대학 시절 한 여학생 후배가 충주댐 건설로 수몰된 고향에 대한 절절한 아픔을 그려낸 소설을 써서 그해 대학신문사 주관 소설 공모에 당선된 적이 있었는데, 그 후배가 술 한 잔 마시면서 사석에서 토하는 실향의 아픔에 대한 절규는 절절하다못해 사뭇 비장하기까지 했습니다. 개발이라는 이름으로 자꾸만 지워지고 사라지는 우리의 뿌리, 우리의 안식, 우리의 추억⋯⋯.

마르셀 프루스트(Marcel Proust)의 소설 중에 《잃어버린 시간을 찾아서》라는 작품이 있는데, 그 소설 속 이야기처럼 인간의 기억 속에 영원한 안식으로 자리 잡은 고향이라는 이름의 보석은 오직 우리의 기억 속이라는 추상의 공간에서만 빛나는 것일지도 모른다는 생각이 들기도 합니다. 고향을 닮은 들녘을 찾아 떠났던 강화도로의 두 번째 여행은 그곳이 어디였는지 전혀 알 수 없는 막막함만 가슴 가득히 안고 돌아왔을 뿐입니다. 여름의 초입에서 만난 강화도의 스산한 바람은 아직도 가슴에서 간간이 쇳소리를 내며 불고 있는데⋯⋯.

47

맨드라미를 생각함

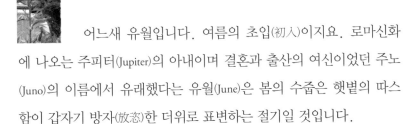

어느새 유월입니다. 여름의 초입(初入)이지요. 로마신화에 나오는 주피터(Jupiter)의 아내이며 결혼과 출산의 여신이었던 주노(Juno)의 이름에서 유래했다는 유월(June)은 봄의 수줍은 햇볕의 따스함이 갑자기 방자(放恣)한 더위로 표변하는 절기일 것입니다.

유월이 되면 신록은 무성해질 대로 무성해져서 짙은 음영을 드리운 나뭇잎들이 산과 강을 건너온 여름 미풍에 겨워 자기들끼리 살을 비비며 스르륵 스르륵 수런대기도 하고, 아련히 먼 곳에서 점잖을 빼며 뒷짐 지고 있던 산들도 성큼 눈앞으로 당겨옵니다. 그것은 마치 우리가 어렸을 때 "무궁화 꽃이 피었습니다."하고 돌아서서 눈을 감고 있던 순간에 우리 등 뒤로 바싹 다가왔던 동무들의 모습과도 닮아 있습니다. 여름이 되면 산들이 갑자기 가깝게 다가오는 느낌이 드는 것은 아마도 산들이 품고 있는 나무들의 그 무성한 잎들이 산의 윤곽을 뚜렷하게 만들어 주기 때문일 것입니다.

제 마음속에 여름의 시작과 함께 찾아오는 꽃은 바로 맨드라미입니다. 언젠가 시골 길을 차를 타고 가다가 어느 한적한 시골집 마당에서 넓적한 꽃대 위에 무수히 많은 잔 꽃들이 닭 볏처럼 피어 있던 맨드라미를 유심히 보게 되었습니다. 맨드라미는 제겐 유년의 시냇가 여울에서 잡아 올렸던 물고기의 은색 비늘처럼 늘 포근한 기억들을 생생하게 떠오르게 하는 메타포입니다.

그 포근한 기억들이란 맨드라미, 봉숭아, 마당에 펼쳐진 평상, 시원한 나무 아래 그늘, 그리고 누나가 필연적으로 등장하는 장면입니다. 어렸을 때 학교에서 집으로 돌아오면 웬일인지 먼저 와 있던 누나가 양 손가락 손톱에 봉숭아꽃을 백반에 짓이겨 동여맨 채로 집 앞 마당에 서 있던 나무그늘 아래 평상에 앉아있고, 조는 듯 아련한 누나의 눈썹 너머에는 빨간 맨드라미들이 장독대 옆에 흐드러지게 피어 있었던 것이지요.

"누나, 그거 뭐야?"

"응, 이거 봉숭아꽃을 손톱에 물들이는 거야."

"정말?"

"정말이지, 며칠만 지나면 봉숭아물이 예쁘게 손톱에 물들지. 이리와 누나가 귀지 파 줄게."

이런 풍경들은 이렇게 어른이 된 지금까지도 그리울 정도로 정겹고 따뜻한 추억으로 떠오르는데, 누나의 무릎에 누워 누나가 강아지풀로 귀속을 살살 파주면 나도 모르게 잠이 들곤 했지요. 지금도 저보다 세 살 위인 누이를 만나 그때 그 추억이 생각나느냐고 물어보면, 누이는 곧 아련한 눈빛이 되면서 "그래 그런 날들이 있었지. 세월이 참 빠르구나!" 할 뿐입니다.

맨드라미 – 제겐 아름답고 포근한 추억의 다른 이름입니다.

48

바다가 내게

10여 년 전 어느 여름, 대구에 지인(知人)의 결혼식이 있어 대구에 간 적이 있습니다. 지금 기억으로는 여름에 들어설 무렵의 6월 하순쯤이었는데, 서울이 고향인 저는 대구라는 곳은 초행길이었습니다. 지금도 있는지 모르지만, 동대구역 근처의 예식장에서 결혼식에 참석하고 난 후 밖으로 나와 보니 온통 한 여름의 햇빛이 고스란히 길가로 쏟아져 내리고 있었고, 무엇보다 도로 중앙에 줄지어 서 있던 미루나무 잎들이 만들어 내는 무성한 그늘이 수런수런 고개를 숙이고 있던 모습이 인상적인 오후였습니다.

문득 바다가 보고 싶었습니다.

혼자 가는 여행, 그것도 아무런 일정이나 계획도 없이 무작정 떠나는 여행이었습니다. 고속도로 하행선을 타고 대구에서 포항에 왔습니다. 여름 해는 아직 눈부시게 걸려 있고, 하얗게 밀려오는 파도의

물거품을 바라보며, 또 깊은 바다가 그 가없는 너름 속에 품고 있는 소금 내음과 철썩이는 파도소리. 나는 모래사장 한쪽에 주저앉아 하염없이 바다를 바라보고 있었습니다.

바닷가의 독한 햇빛에 취해 이대로 잠들 수만 있다면…….

다시 차를 몰아 포항에서 속초로 이어지는 해안도로를 탔습니다. 해는 지고 어둑어둑해진 해안도로를 달리면서 문득 검은 바다 위에 작은 불빛들이 보이다가 차가 산길로 들어서면 다시 칠흑 같은 어둠, 지나가는 차도 거의 없는 깜깜한 밤길을 조금은 두려운 마음으로 달리다 보면 어느새 나타나는 밤바다. 그렇게 몇 시간을 쉬지도 않고 올라오다 보니 어느새 이정표는 망상해수욕장 인근을 표시하고 있었습니다.

차를 길 한쪽에 대놓고 아무도 없는 절벽의 소로길을 따라 내려갔습니다. 시간은 자정이 가까워져 가는데 보름달이 바다 위 하늘에 휘영청 떠 있고 그 달이 너른 밤바다 위에 비취는 장관! 마치 이 세상과 내가 단둘이서만 마주 보고 있는 느낌, 지척에 있는 달이 새근새근 숨 쉬는 소리가 들려오는 듯한 환상, 파도소리만이 여름밤의 정적을 휘저으며 밤바다는 그렇게 제 앞에 펼쳐져 있었습니다.

이 끝 모를 우주가 언뜻 그 나신(裸身)을 보여준 것인지, 형용할 수 없는 벅찬 가슴으로 검은 밤바다에 비취는 은빛 달의 그림자를 한없

이 바라보고 있었습니다. 그리고 슬퍼서도, 외로워서도 아닌 눈물
한줄기…….

　달이 온전히 제 가슴속에 가득 들어왔던 밤바다의 달빛은 늘 의식
의 바다 위에 흐르고 있습니다.

49

월미도

까닭 모를 그리움이 문득 밀려오는 날이면 인천 월미도(月尾島)로 갈 일입니다. 그것도 밤을 벗 삼아 가는 것이 제격입니다. 밤이 되면 낮에는 숨죽이고 있던 밤의 여신 닉스(Nyx)가 어둠의 정령들을 불러들여 환한 태양 아래서는 볼 수 없었던 밤의 물상들을 드러내 보입니다. 그래서 가슴 시린 안타까운 그리움의 발가벗은 실체를 드러내어, 우리로 하여금 그 깊은 그리움의 심연까지 내려가도록 하기 때문입니다.

'달의 꼬리(月尾)'라는 사뭇 신비스러운 이름을 가진 이 섬에 갈 때는 늘 여의도 국회의사당 앞길에서 경인고속화도로로 접어들게 되는데, 그때마다 커다란 저녁 해가 길목에서부터 동행하듯 따라오다가 마침내 월미도의 가없는 수평선 너머로 자진(自盡)하듯 스러지곤 했습니다.

평생 영원한 사랑을 추구하며 살았던 화가 샤갈은 어느 글 속에서 사랑을 느끼는 감정을 마치 '달에 거꾸로 매달린 느낌'이라고 말했다

는데, 그렇다면 '달의 꼬리'라는 이름을 가진 이 손수건처럼 자그마한 월미도에서 이제는 세월의 강 너머에서 작은 등불로 명멸하는 사랑과 추억의 작은 조각들에게 그리움이라는 이름을 붙여보는 것은 충분히 아름다울 것입니다.

월미도의 밤바다는 온통 아득한 어둠 속에서 맡아지는 비릿한 바다 냄새와 어디에서 왔는지 알 길 없는 바람이 변함없이 맞아주었는데, 바닷가 낮은 제방 위에 설치한 난간에 기대어 바라보는 바다는 그 무언(無言)의 침묵만으로도 많은 이야기를 건네옵니다. 어둠으로 흐릿해진 바다와 하늘의 경계선, 은은한 달빛, 비릿한 소금 내음, 누군가 터뜨리는 불꽃놀이, 횟집들의 네온사인, 그리고 어깨를 나란히 하며 걸어가는 연인들. 얼마나 많은 꿈이 이 섬을 찾은 연인들의 마음속에서 피어올랐다 스러졌을까요? 세월이 구름처럼 흐른 후 또 얼마나 많은 그리움이 이 섬 언저리에서 숨죽여 눈물 흘리고 갔을까요?

생각해 보면 추억이란 과거의 나무에서 떨어지는 꽃잎을 하나씩 주어 마음속에 담아두는 일인 것만 같습니다. 그래서 이제는 작은 등불로 희미하게 깜빡이는 젊은 날의 사랑과 추억이라는 꽃잎들을 가만가만 주어 가슴에 담아, 그리움이라는 이름표를 붙여 고이 간직해 보는 것입니다.

누군가 문득 사무치게 그리워지는 날에는 월미도에 갈 일입니다.

50

님은 먼 곳에

거리를 걷다가 어느 극장 앞에서 우연히 영화 포스터를 하나 보게 되었습니다. 마침 제가 탈 버스가 서는 곳이 바로 극장 앞이어서 버스를 기다리는 동안 맞은편에 대형 걸개그림으로 매달아 놓은 홍보 포스터를 유심히 보게 되었지요. 비가 오려는지 바람이 스산하게 불고, 구름 낀 하늘에는 희뿌연 달이 고개를 내미는 초저녁 어름이었습니다.

'님은 먼 곳에'라는 영화 제목을 달고 있는 포스터 속에는 키 큰 야자나무들이 양편에 줄지어 있고 먼지가 피어오르는 하늘 위로는 헬리콥터 편대들이 지나가는 프로펠러의 요란한 소리가 들릴 듯한데, 포스터 가운데 하단부에는 한 여인이 치마를 단정하게 입고 왼손엔 가방을 든 채로, 오른손은 이마 쪽으로 해를 가린 채 서 있는 풍경의 포스터였습니다.

버스는 더디 왔지만 흐린 날 저녁 바람에 나부끼는 이 영화 포스터 걸개그림을 한참 바라보면서 제 마음은 어느덧 추억의 유영을 하고 있었습니다. '님은 먼 곳에'는 1970년대 초등학교 시절에 나왔던 가수 김추자의 노래 제목이기도 했는데, 그때만 해도 파격적인 신중현의 록음악 선율에 담은 이 노래는 그야말로 공전의 히트를 기록했습니다. 얼마나 인기가 많았던지 그 당시 초등학생들도 그 내용과는 관계없이 누구나 흥얼거리는 노래였습니다.

> 사랑한다고 말할 걸 그랬지
> 님이 아니면 못산다 할 것을
> 사랑한다고 말할 걸 그랬지
> 망설이다가 가 버린 사람

　포스터에 붙은 제목만으로도 이제는 세월의 강을 건너버린 아득한 먼 곳의 추억이 되살아나기에 충분했는데, 굉음을 내며 날아가는 헬기들과 야자나무들, 그리고 전쟁의 한복판에 슬픈 듯 홀로 선 여인의 모습이라니……. 포스터가 말하는 시대적 풍경은 분명 월남전을 말하고 있는데, 저기 가방을 든 채 치마를 입고 서 있는 저 여자는 누구일까? 영화 제목처럼 사랑하는 남자를 찾아 머나먼 월남 땅까지 찾아온 여인일까? 무엇보다 저 가냘픈 여자는 무자비한 전쟁의 회오리바람 속에서 결국 자신이 사랑하는 남자와 해후할 수 있을까?

　버스를 기다리는 동안 포스터 한 장을 바라보며 떠오르는 온갖 상

념 속에서 문득 김추자가 부른 노래의 가사처럼 무엇보다 내가 사랑
했던 과거의 시간과 사람들에게 나는 얼마나 진정으로 사랑한다는
말을 건네며 살아왔을까. 그냥 부끄러움 혹은 자존심 때문에 사랑한
다는 말 변변하게 해주지도 못하고 망설이다가 이제는 영원히 가버
린 사랑과 추억들은 또 얼마나 많을 것인가.

　과거의 시간 속에 흘러가 버린 숱한 사람들에게 "내 너를 사랑하노
라"는 진심 어린 고백을 하지 못했던 회한과 더불어 앞으로 또 세상
의 들길을 걸어가면서 만나게 될 수많은 인연들에게 이제는 아낌없
이 사랑과 정을 나누어 주고받으며 살아야겠다는 생각 하나를 거리
에서 우연히 만난 포스터 한 장에서 느껴보는 것입니다.

51

광화문 연가

늦은 밤, 차를 타고 집에 오는 심야의 고속도로에서 라디오에서 흘러나온 이문세의 '광화문 연가'를 듣게 되었습니다. 서초 나들목에서 판교까지 이르는 길목에는 깜깜한 밤에 더해 을씨년스러운 장맛비까지 내려 낮의 일과로 피곤한 몸과 마음은 바위처럼 가라앉아 있었습니다. 마음은 따스한 무엇을 갈구하는 것 같았는데, 채울 길 없는 까닭 모를 우울함에 빠져 멍하니 앞만 보고 운전을 하던 중 문득 이 노래를 듣게 된 것이지요.

노래 속에 나오는 정동(貞洞)은 제겐 각별한 인연이 있는 곳이기도 합니다. 대학졸업 후 다닌 첫 직장이 바로 서소문에 있어서 사옥 창문을 통해서 수시로 계절 따라 변해가는 덕수궁 돌담길을 볼 수 있었거니와, 따뜻한 봄날이 되면 갓 입사한 직장동료와 김밥을 싸들고, 눈부신 햇살을 맞으며 덕수궁 돌담길 근처 예쁜 교회당 앞 벤치에 앉아 점심을 먹고 오곤 했던 곳이었습니다. 나중에 그 예쁜 교회가 정동

제일교회로 광화문 연가라는 노래 속에 나오는 '눈 덮인 조그만 교회당'이라는 것을 알게 되었습니다.

회사를 그만두고 나서도 그림 보기를 좋아했던 저는 근처에 있는 시립미술관에 갈 때마다 늘 덕수궁 돌담길을 걸어서 그 조그맣고 예쁘던 정동교회 앞을 말할 수 없는 감상에 젖어 지나쳐 오곤 했습니다. 특히나 은가루 같은 눈이 소복이 쌓이는 겨울에 덕수궁 돌담길을 걸을 때면 마치 동화 속 아름다운 눈의 나라에서 경쾌한 바이올린 소리가 발치에서 춤을 추듯 들려오는 듯했습니다.

광화문 네거리에 어둠이 깔리면 새들이 동안의 지친 날개를 접고 숲으로 깃들 듯 세상의 모든 연인이 덕수궁 돌담길을 서성이는 곳, 가을이면 노란 은행잎들이 쪽빛 하늘로부터 눈물처럼 뚝뚝 떨어지고 옷깃을 세우고 종종걸음을 치면서도 서로의 팔짱을 꼭 끼고 행복하게 걸어가는 연인들의 모습을 볼 수 있는 곳, 언제라도 옛 추억이 그리워질 때면 조그만 예배당 앞 벤치에 앉아 시린 추억을 곱씹으며 아름다운 과거 속으로 빠져들 수 있는 곳.

언젠가는 우리 모두 세월을 따라 하나둘 떠나가겠지만, 우리의 사랑과 추억과 그리움은 늘 눈 덮인 덕수궁 돌담길 작은 예배당 앞에서 서성일 것입니다.

52

비오는 날의 작은 음악회

학원 재수생 아이들 몇 명과 함께 야외수업을 나갔습니다. 지루한 마른장마가 이어지는 날들, 탁한 강의실에서 책과 씨름하며 에어컨 바람에 얼굴이 창백해진 아이들이 문득 불쌍하게 여겨져, 아이들에게 시원한 여름 바람이라도 쐬어줄 요량으로 며칠 전 수업시간 중에 약속했던 야외수업을 나오게 된 것이었지요.

며칠 전 영어강독 시간에 던진 저의 제안에 갑자기 아이들의 눈이 초롱초롱 빛나며 얼굴이 꽃구름처럼 환해지는 걸 보니 저도 덩달아 행복해졌는데, 이런 순간들이 오면 저는 늘 제가 선생님이라는 사실이 그렇게 보람 있을 수가 없습니다. 그것은 인생의 힘든 고개 하나를 넘고 있는 아이들에게 작은 힘이나마 용기를 불러일으킬 수 있다는 것, 또한 부모에게도 말 못하는 고민을 가슴을 열고 그들이 아파하는 것들을 진정으로 공감하며 들어줄 수 있다는 것, 절망과 시련의 바위를 넘어서면 반드시 행복의 무지개가 빛나고 있음을 가르칠 수 있다는 것, 무엇보다 살아간다는 일은 온 세상에 비의(祕意)처럼 숨어 있는 아름다운 사랑을 하나씩 하나씩 찾아가는 일임을 일깨워 줄 있다는 것…….

분당에서 내곡동으로 가는 길목에는 청계산 등산로 초입이 있는데, 그곳을 조금 못미처 저수지를 끼고 아늑하게 자리 잡은 산기슭에는 아주 작은 식물원이 하나 있습니다. 신구대학교에서 조성한 그야말로 미니 식물원인 셈입니다. 번잡하고 정신없이 사람들로 부대끼는 곳을 별로 좋아하지 않기도 하거니와, 모처럼 맞은 야외수업을 통해 아이들의 팍팍한 마음결에 상쾌한 푸른빛 바람 한 줄기를 넣어 주려면, 예쁜 꽃들이 새근새근 숨 쉬고 나무들이 우거진 식물원이 적격이라는 생각이 들었던 것이지요.

오전 내내 구름만 잔뜩 끼던 날씨는 오후부터는 굵은 빗줄기를 뿌리기 시작했는데 오히려 아이들은 더 즐거워합니다. 평일 낮, 인적이 드문 식물원의 정겨운 오솔길을 걸어가며 아이들은 가져온 우산을 펼칠 생각도 없이 쏟아지는 비를 장난스럽게 맞아가며, 하하 호호 웃는 그들의 웃음은 형형색색의 풍선들처럼 비 내리는 하늘로 올라가고 있었습니다. 수목원엔 크지는 않지만 작은 나무들이 운치 있게 우거져 있었고, 이런저런 색깔들을 색동옷처럼 입고 있는 예쁜 꽃들과 들풀들을 보며 아이들은 너무나 행복해합니다. 클로버 잔디밭에서는 서로 네 잎 클로버를 먼저 찾겠다고 눈들을 반짝입니다.

비를 긋기 위해 모두 큰 나무 밑 벤치에 삼삼오오 앉았습니다. 빗방울은 겹겹이 어우러진 나뭇잎들을 후두두 때려 보지만 정작 땅으로 떨어지는 빗방울은 훨씬 약합니다. 몇몇은 벤치에 앉아 또 몇몇은 선 채로 이런저런 이야기를 나눕니다. 한 달에 한 번씩 야외수업을 나오자고 조르는 여학생, 내년엔 꼭 대학생이 되어서 선생님께 진한 술 한 잔 따라 드리겠다고 너스레를 떠는 녀석이며, 요즘 어른들은 아이들의 마음을 너무 몰라준다는 하소연이며, 선생님의 첫사랑 이야기를 들려달라고 말하며 벌써 아련한 눈빛들이 되는 아이들.

이런저런 이야기꽃들이 잦아들 무렵 빗줄기가 잠시 주춤했는데, 그때 예고를 나와 플루트 전공으로 대학에 가기 위해 재수를 하던 한 여학생이 즉석에서 플루트 연주를 하겠다고 제안합니다. 그래서 예정에도 없던 비 오는 날의 숲 속 작은 음악회가 열리게 되었는데, 모두가 벤치에 앉아 박수를 치고 난 후 여학생의 작은 입술에 닿은 은빛 플루트는 한 마리 연어가 되어 온 식물원 숲에 아름답게 울려 퍼졌습니다.

비 오는 식물원의 오후, 푸른 나뭇잎에 떨어지는 영롱한 빗방울 하나에도 신비한 우주의 숨결이 숨어있을진대, 숲에 깃든 새들처럼 옹기종기 모여 눈빛이 착한 여학생이 연주하는 플루트 선율에 모두가 저마다의 시름들을 접어둔 채 마냥 행복할 수 있었습니다. 아이들은 어른의 아버지(Child is the father of the man)라고 영국의 시인 워즈워스는 그의 〈무지개(Rainbow)〉라는 시에서 노래했지만 사실 아이들을 가르친다는 제게는 아이들의 순결한 마음속에 깃든 생명의 원형을 볼 때마다, 오히려 그들로부터 인생의 소중한 것들을 새삼 깨우치게 됩니다.

집으로 돌아오는 길, 아이들과 저는 모두 마음속에 아름다운 플루트 소리가 스쳐 지나가던 젖은 푸른 나뭇잎 한 장씩 간직하게 되었습니다.

53

강가에 키 큰 미루나무

오만한 여름 더위가 갑자기 풀이 죽은 아이처럼 한결 수 그러진 기운으로 바뀌어 아침저녁으로 제법 가을 냄새가 바람결에 묻어오기도 하는 요즘입니다. 붉은 꽃이 열흘 가기 어렵고 달도 차면 기운다고 했으니, 아무리 무덥던 날씨도 계절의 순환이라는 숙명 앞에는 다소곳할 수밖에 없나 봅니다.

이제 곧 가을은 미련을 못 버린 여인의 그림자처럼 슬며시 다가와 겨울바람이 몰려올 때까지 공허해진 사람들의 마음을 헤집고 다닐 것이고, 빨간 샐비어는 가슴에 돋는 상념의 풀들인 양 발목 어름에서 안개처럼 피어오를 것이며, 여름 강가에 무심히 서 있던 미루나무들은 파란 하늘 이편에서 저편으로 몰려가는 한 줄기 바람에 우수수 소리를 내며 제 몸을 뒤척일 것입니다.

미루나무를 생각할 때면 늘 유장(悠長)하게 흘러가는 늦여름, 강가에 줄지어 서 있던 키 큰 미루나무들이 강바람을 맞으며 한들거리던

모습이 떠오릅니다. 강물에 비친 햇살의 반짝임은 미루나무들이 바람에 제 몸을 뒤척이는 모양과 닮았는데, 그것은 마치 강과 나무가 서로 다정하게 이야기를 나누는 것처럼 보입니다. 그리고 강물이 흘러가는 소리와 바람이 불어오는 소리, 그 바람이 미루나무에 부딪히는 소리가 하나의 화음(和音)으로 노래하는 것만 같습니다.

　강물과 바람과 미루나무들이 넓은 들판 한쪽, 푸른 색감 속에 추억처럼 서 있는 풍경을 볼 때면 왠지 마음 한구석이 뭉클해집니다. 덧없이 흘러가는 세월의 슬픔이라고 해야 할지, 그냥 거기에 있으니까 스스로 있는 자연이 주는 감동이라고 해야 할지, 언젠가는 우리의 삶이란 것도 저 강물이 강가 미루나무와 매일 이별하며 흘러가는 것처럼, 우리도 우리 곁에 머물던 사람들을 떠나야 한다는 데서 오는 비장함이라고 해야 할지.

　강가에 키 큰 미루나무 한그루가 서 있고, 문득 가을이 마음에 들어왔습니다.

어린 왕자와 바오밥 나무

경기도 용인에 있는 '한택식물원'이란 곳엘 가면 '바오밥 나무(Baobab tree)'라는 희귀하게 생긴 나무를 보실 수 있습니다. 바오밥 나무 – 어쩐지 귀에 익은 이름이라는 생각이 들었다면, 어른을 위한 동화라고 알려진 프랑스 작가 생텍쥐페리(Saint-Exupery)의 《어린왕자(La Petite Prince)》를 읽어보신 분일 겁니다.

야간비행, 별, 꽃, 사막, 장미, 화산, 여우, 길듦…… 과 같은 이미지가 떠오르는, 동화라고 부르기에는 너무도 깊고 철학적인 알레고리로 이루어진 아름다운 이야기. 아득한 우주의 작은 별에서 한 송이 장미꽃을 사랑했던 어린왕자가 지구라는 별에 내려와 우연히 만난 여우와의 대화를 통해서 사랑이란 서로에게 길들었을 때만 찾아오는 선물임을 깨닫게 해주는 이야기.

하지만 그 꽃 한 송이는 내게는 너희들 모두보다도 더 중요해.
내가 그에게 물을 주었기 때문이지. 내가 벌레를 잡아준 것도
그 꽃이기 때문이지. 불평을 하거나 자랑을 늘어놓는 것을, 또
때로는 말없이 침묵을 지키는 것을 내가 귀 기울여 들어준 것
도 그 꽃이기 때문이지. 그건 내 꽃이기 때문이지.

― 생텍쥐페리,《어린왕자》

어린왕자를 처음 만났던 것은 대학 일 학년 때 프랑스어를 배울 무
렵이었는데, 더듬거리며 한 페이지씩 읽어 내려가는 동안 주인공인
'내'가 사막 한가운데 불시착한 지 사흘째 되던 날 어린왕자가 들려주
던 이야기 가운데 처음으로 바오밥 나무가 등장하게 됩니다.

"사흘째 되는 날 바오밥 나무를 알게 된 것도 그렇게 해서였다."

(C'est ainsi que, le troisième jour, je connus le drame des baobabs.)

책을 읽을 때에는 작가 자신이 직접 그렸다는 삽화의 신비함과 동
화가 자아내는 환상적인 분위기에 젖어 바오밥 나무도 그저 작가가
상상 속에 만들어낸 나무인 줄만 알았습니다. 하지만 바오밥 나무는
아프리카 대륙의 케냐나 마다가스카르 섬에서 군락을 이루어 자라는
실재하는 나무임을 한참 후에 알게 된 것이지요.

바오밥 나무는 마치 나무가 물구나무를 선 것처럼 몸뚱이 부분이
과장되게 두껍고 가지와 잎들은 상대적으로 빈약한 모습을 하고 있

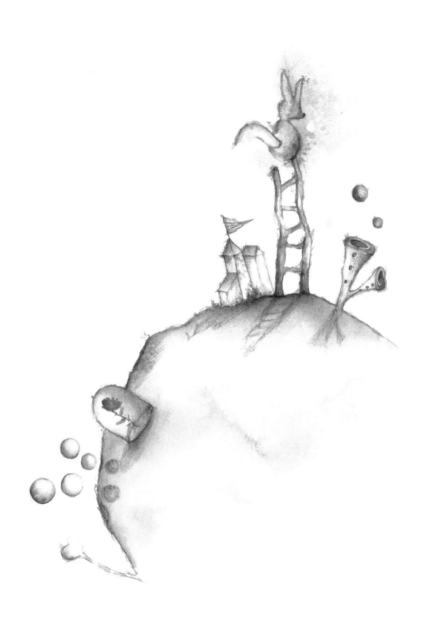

습니다. 오죽하면 신이 자꾸만 하늘로 솟아오르려는 바오밥 나무의 오만함에 화가 난 나머지 나무를 전부 거꾸로 땅속에 처박았다는 전설이 있을 정도이지요.

어린왕자를 읽을 때마다, 작가인 생텍쥐페리 자신이 바로 어린왕자가 살던 별인 소혹성 B612호에서 지구로 내려온 사람은 아닐지 상상하곤 했습니다. 동화 속의 그 숱한 은유 속에서 지구라는 땅에서 사는 사람이라면 알 길 없는 보석 같은 삶의 비의(秘意)를 드러내기도 할 뿐 아니라, 그 자신이 늘 외로운 밤하늘을 별처럼 유영했던 비행사의 삶을 살다갔다는 사실, 거기다가 정찰비행 도중 실종되어 사라졌다는 그의 최후까지도 동화 속 어린왕자의 마지막 순간과 너무도 닮아있기 때문입니다.

얼마 전 환경스페셜이란 티브이 프로그램에서 아프리카 마다가스카르 섬에 서 있던 바오밥 나무들을 설레는 마음으로 볼 수 있었습니다. 지구라는 땅에 깃들여 사는 사람들 모두가 생각하듯 나무는 뿌리로부터 영양분을 받아 하늘로 줄기와 잎을 틔운다는 생각은 늘 옳은 것일까요? 뿌리 같은 잎들을 하늘로 향한 채, 하늘이 주는 우주의 기운과 생명의 참된 자양분을 얻어 안으로 안으로만 침묵하며 언덕 위에 거꾸로 서 있는 모습의 바오밥 나무! 그리고 그 바오밥 나무를 사랑했던 동화 속 여우가 한 말,

내 비밀은 이런 거야. 그것은 아주 단순하지. 오로지 마음으로
만 보아야 잘 보인다는 거야. 가장 중요한 건 눈에 보이지 않
는다. "가장 중요한 건 눈에 보이지 않는다." 잘 기억하기 위
해 어린 왕자가 되뇌었다.

- 생텍쥐페리, 《어린왕자》

55

자크린느의 눈물

회색빛 구름으로 낮은 하늘입니다. 며칠 새 동네 어귀에 줄지어 서 있는 나무들이 안으로 스며드는 한기(寒氣)를 못 이겨 밤새 워 잎을 뒤척이다가, 오늘 아침엔 마침내 피를 토하듯 슬그머니 붉은 기운을 삐죽 내비칩니다. 단풍이 들려나 봅니다.

하긴 차를 타고 길을 가면 길가에 무리지어 피어 있는 코스모스들 이 한들한들 바람에 춤을 추는 모습에 불현듯 마음이 설렌다거나, 아 침저녁으로 묻어 오는 소슬한 기운에 아침에 꺼내 입은 긴 팔 셔츠의 감촉이 아늑하다거나, 오만한 한여름 더위를 몇 달 지나온 사람들의 눈매가 왠지 웅숭깊어 보이기 시작하는 오늘처럼 하늘이 낮게 내려 앉은 날의 오후가 되면, 한적한 찻집에 앉아 그림 액자 같은 창틀로 꿈결처럼 흘러가는 구름을 보고 싶은 요즈음이기도 합니다.

언제나 그렇듯이 계절은 뭉게구름처럼 피고지고 그렇게 세월이 가 는 법이지만 제게 가을은 '오펜바흐(Jacques Offenbach)'의 '자크린느의

눈물(Les Larmes de Jacqueline)'과 함께 찾아옵니다. 사람의 목소리와 가장 닮았다는 첼로의 G-현(絃)이 내는 음색은 마치 사람에게 깃든 영혼의 연약하고 얇은 막(膜)을 그 날렵한 첼로의 활(wheel)로 그어 대는 느낌 혹은 정체 모를 그리움이 불현듯 찾아와 가슴에 사무치는 신비로움에 젖게 합니다.

회색빛 낮은 흐린 가을 하늘과 첼로곡 '자크린느의 눈물'이 흐르는 곳에는 가을 강가에 우두커니 나무 한 그루가 서 있는 풍경이 제격입니다. 기울어 가는 오후의 가을 강가에 서 보신 분들은 아시리라. 왜 강물과 나무들은 자기의 온몸을 비워내고 낮은 곳에 임하면서도, 오히려 높고 높은 곳으로부터 울리는 표현할 길 없는 막막한 아름다움으로 우리의 영혼을 울리는지를.

그래서 자기 몸을 온전히 비워내 눈물 같은 잎사귀를 세상의 가장 낮은 곳으로 떨어뜨리는 가을 나무나, 언제나 높은 곳을 고집하지 않고 자꾸만 아래로 아래로만 흐르려는 강물 곁에 서면 우리는 문득 깨닫게 됩니다.

왜 지극한 사랑은 오히려 낮은 곳에 머물려고 하는지를.

56
추일강변풍경 秋日江邊風景

      양평에 갔습니다. 무슨 특별한 일이 있어서가 아니고 그냥 가을 구경을 나온 것뿐입니다. 조금 이르긴 하지만 초가을의 정취를 맛보려고 분당– 퇴촌 – 남종면 – 분원– 양평으로 이어지는 국도를 탔습니다. 경안천과 한강 줄기 남단을 꼬불꼬불 이어지는 정겨운 길이어서 자동차 차창으로 비치는 가을을 마음에 담을 수 있었습니다.

    멀리 팔당댐의 흰색 구조물이 보입니다. 팔당호에는 한낮의 산 그림자가 내려와 포근히 잠기어 있고, 가을 강가에는 벼들이 익고 있었습니다. 햇빛을 가득 받아 안으로만 영글어가는 내밀한 생명의 성숙을 느껴봅니다. 허수아비가 논 한구석에 외롭게 서 있습니다. 시내에서 차를 타고 길을 가다 길가에 온갖 상점들이 저마다의 간판을 달고 있는 모습을 보면 그 간판들은 늘 이 땅에 살아가는 모든 사람의 이런저런 꿈들처럼 보입니다. 실존(實存)의 표상인 듯, 혹은 더 나은

내일을 얻기 위해 세상 밖으로 고개를 내민 작은 꿈들…….

양평으로 가는 남한강 줄기에도 어김없이 인간의 꿈은 이어집니다. '하모니카 찰옥수수'라는 소박한 상호와 그 밑에 주렁주렁 달아 놓은 시골 사람들의 질박한 마음들이 느껴지는 보조간판을 보고 저도 모르게 차를 멈추었습니다. '최고로 전망 좋은 찻집'이라고 간판에 쓰여 있더니 과연 높은 곳에 자리 잡은 찻집에서 바라본 남한강 줄기의 유장(悠長)함에 눈물이 핑 돌 정도입니다. 물길을 맑게 고집하는 고귀한 정신들이 묻어 있는 것만 같은 저 무연한 강줄기를 바라보니, 아옹다옹 살아온 지난날들이 한 가닥 물거품처럼 부질없게 느껴집니다.

가는 길에 바탕골 예술관에 들렀습니다. 입장료는 3,000원이고 야외조각품이나 작은 오솔길이 한적하게 나 있는 곳입니다. 미술품은 그다지 볼 게 없고 아이들의 미술체험관으로 자주 활용되는 것 같습니다. 조촐하게 전시된 미술품을 감상하고 예술관 뒷마당으로 나와 보니 마당 한쪽에 예쁜 돌확 하나가 눈에 들어옵니다. 떨어진 낙엽들이 물에 잠겨 있고 가을의 오후 빛이 반짝 빛나고 있는 돌확의 모습을 하나 카메라로 찍어 봅니다. 그리곤 마음속으로 제목을 정합니다. '돌확에 잠긴 가을'

어떤 사람이나 공간의 참모습은 뒤태에 있는 것만 같습니다. 바탕골 예술관 뒷마당에 한적하게 나 있는 오솔길을 천천히 걸으니 몸도 마음도 신선한 공기와 평화로운 분위기로 새로워집니다. 혼자 걷든 둘이 걷든 저렇게 오롯하게 나무 그늘로 휘어져 간 오솔길에서는 늘 마음이 설렙니다.

이번에는 남한강 북단 도로를 타고 서울로 향합니다. 중간에 두물머리에 들렀습니다. 다정하게 반겨 주는 강변 산책로가 마음을 푸근하게 합니다. 무슨 꽃이든 수없이 많은 개체로 군락을 이룬 장면은 늘 어떤 비장함을 보는 이에게 선사합니다. 소피아 로렌이 주연한 영화 〈해바라기(Sunflower)〉에 등장하는 해바라기 벌판이 주는 감동을 떠오르게 하는 두물머리 연꽃 군락지를 보니 숱한 생명이 피고 지는 삶의 저잣거리를 보는 것만 같습니다.

짧은 하루의 여정을 마치는 곳에 추억처럼 북한강과 남한강이 한몸을 이루는 두물머리가 있습니다. 사람과 사람이 만나 서로 알게 되면 그 둘 사이에는 작은 강물이 하나 흐르게 된다지요. 어딘지 알 수 없는 곳에서 흘러와 결국 정신과 몸이 하나가 되는 남자와 여자의 신비한 사랑을 알려면 이곳 두물머리에 한 번은 서야 하리라. 그래서 오백 년 되었다는 느티나무 앞에서 함께 두 영혼을 흔쾌히 섞어 내어 맑고 아름답게 흘러가는 저 강물을 닮을 일입니다.

57

눈이 부시게 푸르른 날은

주말 이틀 동안 연이은 강의로 무리했던지 아침 늦게까지 늦잠을 잤습니다. 꿈결에 시원한 푸른빛 물결이 보였던 것도 같은데, 며칠 전 지나갔던 의왕의 백운호수 같기도 하고 고운 빛깔의 단풍잎이 살며시 지고 있던 춘천 소양강의 청평사 구성폭포 옆을 지나고 있던 것 같기도 했습니다. 산속에서 맞는 가을날의 오후는 늘 서늘한 계곡의 물줄기와 높은 나뭇가지 사이로 언뜻 보이는 쪽빛 하늘의 고요한 아름다움이 아주 짧은 시간 동안 흘러갑니다. 그리고 행복한 잠을 깼습니다.

아침 조간신문을 펼쳐 드니 오랜만에 법정 스님의 소식을 들을 수 있었습니다. 그리고 역시나 마음에 새벽 종소리처럼 청아하게 마음속으로 울려 퍼지는 그분의 말씀……

맑게 갠 청명한 가을 하늘 덕에 일상이 흥겹습니다.
빨래를 빨랫줄에 널며 혼자 서정주의 〈푸르는 날〉을
읊기도 합니다. 두런두런 시를 외면 무뎌진 감성의
녹을 벗겨 낼 수 있고, 새삼 사는 일이 고마워집니다.

— 법정 스님

팔십이 가까운 노(老)스님이 가을 하늘 아래, 손수 자신의 빨래를
빨랫줄에 널며 미당(未堂)의 시를 흥얼거리는 모습을 떠올리니 갑자
기 마음이 감격에 울렁이며 슬며시 눈물이 피어오릅니다. 그 순결한
무욕(無慾)의 정결한 정신의 고갱이가 가을 하늘 아래 시(詩)를 읊조리
는 스님의 그 한없이 순전하고 고운 마음결이, 작은 것 하나에도 보
석 같은 감성을 길어 올리며 감사할 줄 아는 그 안분지족(安分知足)의
고귀한 정신이 아름답습니다.

세상에 수많은 사람이 행복이라는 파랑새를 좇아 울고 웃고 부대끼
며, 때론 상처 입고 부서진 영혼의 기왓장을 부여잡고 인생이라는 거
친 들길을 힘겹게 걸어가기도 하지만, 또 어떤 이는 물질만 주어지면
행복할 수 있다는 착각 속에 빠져 인생을 낭비하기도 하지만 참다운
행복은 '가을 하늘 아래서 빨래를 널며 시를 떠올리는 일'처럼 우리가
마음을 조금만 비워 내면 얻을 수 있는 소박한 기쁨은 아닐지.

마음의 벗이 될 수 있는 몇 권의 책, 출출하거나 무료할 때
마실 수 있는 차(茶), 굳어지려는 삶에 탄력을 주는 음악,

그리고 내 일손을 기다리는 채소밭, 이 네 가지가 있어 삶에
맑은 여백을 주고 녹슬지 않도록 해줍니다.

– 법정 스님

　가을이 깊어지면 마음에 드는 시집 하나 챙겨 들고 어젯밤 꿈결에
보았던 소양강 청평사의 구성폭포에 가 봐야겠습니다. 단풍잎이 고
울 것입니다.

58
여자들에게

"차가운 청진기를 환자의 가슴에 댈 때 움찔 놀라는
모습을 보고 그 이후로는 늘 청진기를 의사가운 안
쪽에 품어 따뜻하게 해 두었습니다."

평소 변함없는 페미니스트임을 굳게 믿어 의심치 않는 저에게는 길
병원 원장이자 가천대학교 총장인 이길녀 씨의 자서전에 나오는 이
런 작은 글귀들이 특별한 감동으로 다가옵니다. 그 감동이란 바로 이
거칠고 힘든 세상을 그래도 살 만한 곳으로 만들어 주는 것은 여자들
만이 갖는 이런 섬세한 여성성이라는 생각에서 나옵니다.

남자 없는 여자들만의 세계는 어색할 뿐이지만 여자들이 없는 남자
들만의 세상은 생각만 해도 끔찍합니다. 남자들이란 생래적으로 자
신의 힘을 어떤 식으로든 과시하고, 다른 수컷들과의 경쟁에서 우위
를 차지하고 싶은 본능을 가지고 있기에 남자들의 세계에는 항상 투

쟁, 갈등, 음모가 만연해 있었다는 것은 지나온 인류의 역사가 말해 주고 있습니다.

만약 남자들만의 세계라는 것이 존재한다면 사람은 태어날 때부터 죽을 때까지 끊임없는 경쟁과 투쟁의 강박관념으로 인한 노이로제에 시달려야 할 것입니다. 그러니 이 세상에 여자들을 보내 주신 하나님의 뜻은 분명해 보입니다.

얼마 전 개봉한 〈님은 먼 곳에〉라는 영화의 한 장면이 생각납니다. 남편을 찾기 위한 궁여지책으로 군 위문단원의 가수가 된 여주인공(수애 粉)이 한낮의 전투가 휩쓸고 간 월남의 한 야전캠프 공연장에서 군인들을 향해 "안녕하세요."라고 인사를 할 때 우레처럼 쏟아지던 남자들의 격한 환성이 나오던 장면……

저는 이 장면에서 남모르게 감동했는데, 그것은 남자들의 야만적 살육의 비인간성이나 잔인성, 광포한 전쟁의 무모함을 한순간에 녹여 버리는 여신(女神)의 목소리로 들었기 때문이었습니다. 영화의 마지막 장면에서 천신만고 끝에 만난 남편의 뺨에 일 타(打)를 날리는 수애의 모습에서 후련한 통쾌함을 느꼈던 것은 물론입니다.

제가 생각하는 매력적인 여자는 아무래도 위에서 이야기한 여성성을 간직한 여자가 아닐까 합니다. 사실 주변을 둘러보면 남자보다 더 억척스럽고 드센 여자들을 자주 볼 수 있습니다만 적어도 제 개인적인 취향으로는 전혀 매력을 느낄 수 없는 부류입니다. 가뜩이나 드센

고 험한 남자들과의 경쟁에 시달리는 것만도 벅찰 지경인데, 여자들마저 마치 아마조네스의 후예처럼 눈을 치켜뜨고 대든다면 매력은커녕 두려움에 몸을 피하게 되는 것은 당연한 일이 아닐까요?

늘 우울함에 젖어 사는 여자도 괴롭긴 마찬가지입니다. 어쩌면 세상살이 자체가 힘들고 성가신 일투성이고 조금만 방심하면 잿빛 우울함의 그늘이 드리워지기 쉬울 터인데, 이왕이면 봄 햇살처럼 밝고 환하게 웃으며 살아가는 여자들의 아름다운 미소가 찌푸린 얼굴보다 훨씬 더 매력적입니다.

매력적인 여자는 나이와 관계없이 수줍음을 아는 여자이기도 합니다. 여자들은 중년을 넘어가면 남성호르몬의 분비 때문인지 목소리조차 남자처럼 걸걸해지면서 왠지 염치나 수줍음이 없어지는 것 같습니다. 얼마 전 어느 호텔 로비에서 서너 명의 중년 여성들이 마치 비밀스러운 이야기를 하듯 가만가만 소리 죽여 대화를 나누는 것을 보고 조금 의아해서 귀를 기울여보니 일본 여성들이었습니다.

음식점에서 주변 사람들을 아랑곳하지 않고 큰 목소리로 웃고 떠드는 여자들을 화통하다고 좋아하는 남자들도 없지 않겠지만, 저는 그런 자리는 애써 피하고 싶은 심정이 됩니다. 나이나 신체적인 변화에도 불구하고 예쁜 꽃들이 수줍게 피어 있듯 고요한 가운데 은은하게 여성미를 풍기는 여자는 매력이 있습니다.

딱딱하고 경직된 남자들의 마음에 온유함을 불어넣고, 절망과 체념이 있는 곳에 소망의 두레박을 길어 올리며 갈등과 경쟁으로 상처 입은 마음에 비둘기 같은 평화의 음성을 들려주고, 작은 일 하나에도 고상한 감동을 할 줄 알고, 작고 불쌍한 것들을 위해 한줄기 눈물 흘려줄 줄 아는 여자는 충분히 매력적입니다.

59

사랑에 빚진 자 되어

"7일부터 서울 예술의전당 한가람미술관에서 〈서양미술거장전－렘브란트를 만나다〉가 열린다. 모스크바에 있는 국립 푸시킨미술관 소장품 가운데 17~18세기 유럽 회화 49점과 네덜란드 화가 렘브란트의 작품 27점이 대륙을 건너왔다."

가을 새벽 공기가 라벤더 향처럼 배어 있을 것만 같은 조간신문을 펼치다 렘브란트가 대륙을 건너온다는 소식을 들었습니다. '대륙을 건너온다'는 기사를 보니 예전에 어느 티브이 프로그램에서 해외로 아이를 입양시켰다가 이십여 년 만에 아들이 입양된 유럽의 나라로 친어머니가 아들을 찾아가 극적으로 해후하는 장면이 떠올랐습니다.

아들은 드넓은 초원이 낮은 언덕을 이룬 곳에 바람을 맞으며 어머니를 기다리며 서 있고, 그토록 많은 한(恨)과 눈물을 남몰래 가슴 속에 쌓아둔 어머니가 천천히 그 언덕길을 걸어 올라옵니다. 두 사람을 갈라놓은 무심한 세월이 지나가던 것처럼 언덕 한쪽에 서 있던 자작나무들 사이로 바람이 붑니다. 언덕 아래 아득한 곳에서 어머니가 작은 점으로 나타나고, 아들의 눈동자는 온갖 회한과 그리움으로 떨려옵니다.

조간신문에 난 렘브란트 관련 기사를 읽으며 몇 년 전의 감동적이었던 티브이 프로그램을 생각하는 것은, 화보로만 볼 수 있었던 화가의 예술혼이 스며든 진짜 그림을 마치 사랑하는 사람의 눈동자를 가까운 곳에서 바라보듯, 화가의 미묘한 붓의 터치와 색감을 생생하게 보고 느낄 수 있기 때문입니다. 제가 가장 보고 싶었던 렘브란트의 그림은 '나이 든 여인의 초상'이라는 작품입니다.

노년의 가파른 내리막길 초입을 지나고 있을 것 같은 이 여인의 초상은 빛과 그림자의 강렬한 대비를 통해서 인물의 내면을 놀라울 정도로 섬세하게 포착해 내는 렘브란트의 예술성이 은은히 빛을 발하는 작품입니다. 처음 이 그림을 만났을 때 저는 이 여인의 눈과 손에서 눈길을 뗄 수 없었는데, 그것은 삶을 품위 있게 지켜오며 살아온 한 인간의 깊이 있는 향기를 맡을 수 있었기 때문입니다.

부드러운 듯하면서도 엄정한 듯, 섬세한 듯하면서도 질박한 여인의 눈을 가까운 곳에서 실제로 보고 느낄 수 있다니 생각만 해도 행복하고 황홀합니다.

렘브란트의 두 번째 그림,

이 그림은 나이가 들어 이 세상을 떠날 때가 된 할아버지가 손녀들에게 축복하며 손을 얹고 있는 장면입니다. 엄마 아빠 그리고 오빠가 지

켜보는 가운데 할아버지의 축복 기도를 듣는 그림 가운데 있는 소녀의 지그시 감은 눈과 가슴에 얹은 작고 앙증맞은 손! 무엇보다 그림 전체를 감싸고 있는 한 가족의 따뜻한 사랑이 느껴져 보기만 해도 온갖 근심이 사라지는 그림입니다.

생각해 보면 저와 여러분 모두 우리의 아버지의 아버지, 그 아버지의 아버지, 또 그 아버지의 아버지……. 아득한 인연의 끈으로 이어져 눈물겨운 아버지와 어머니의 사랑에 빚진 자들이 아닐는지요. 그 깊은 사랑 때문에 우리가 지금 이 세상에 존재하고 또 그 사랑은 우리의 아들딸들과 또 그 아들딸들로 이어질 생각을 하면 사람은 오직 사랑으로 살아갈 뿐이라는 톨스토이의 말이 진리임을 깨닫게 됩니다.

이번 낙엽 지는 가을 언덕에서 꼭 다시 한 번 만나고 싶은 그림이 있습니다. 렘브란트의 작품은 아니지만 몇 년 전 예술의 전당 '피카소에서 반 고흐까지' 전(展)에서 보았던 클로드 모네의 작품 '빨간 스카프를 두른 모네 부인의 초상'이라는 작품입니다. 이 그림을 한가람미술관에서 보았을 때, 가슴으로 차가운 눈송이가 가득 차오는 느낌을 받았었습니다. 그리고 슬픔과 아름다움은 결국 같은 감정이 아닐까라는 생각이 들기도 했습니다.

그림 속에서 애잔한 표정을 지으며 눈 쌓인 마당을 나서는 여인은 실제 마네의 부인이었던 까미유로, 마네가 이 그림을 완성한 후 며칠 만에 세상을 떠났습니다. 사랑했던 아내의 죽음을 미리 감지했던 걸까요? 다시는 돌아오지 않을 먼 길을 떠나듯 뒤돌아보며 아련한 시선을 보내고 있는 여자의 우는 듯한 눈매와 무심하게도 하얗게 내려서 쌓인 눈, 그리고 빨간 스카프가 주는 역설적 슬픔이 보는 사람으로 하여금 눈물이 맺히게 합니다.

사랑하는 사람을 떠나보내는 일은 참으로 가혹한 형벌일 수밖에 없지만, 우리에게 이별이 없다면 진정한 사랑이나 그리움, 그리고 삶의 아름다움은 없을 것만 같습니다. 그러기에 우리 앞에 놓인 죽음이라는 심연의 강(江)을 앞서거니 뒤서거니 건너기 전까지는, 우리 곁에 머물고 있는 꽃들이나 나무들이나 별, 강, 호수, 구름, 시냇물, 동물…. 온갖 미물들과 사람들을 좀 더 따뜻한 사랑의 눈으로 바라보아야 하지 않을까요?

올가을, 모네의 저 그림 속 여인을 만나면 곧 하얀 눈이 내릴 것만 같습니다. 그리움의 하얀 눈이…….

벚꽃이 피던 날 아침에

60

어느 날 아침이었습니다. 창밖으로 벚꽃 줄기 하나가 슬그머니 고개를 쳐들고 눈부신 봄볕이 창문 가득 쏟아져 들어오고 있었습니다. 서가가 놓여있던 방 안으로 틈입한 빛은 온통 벚꽃 향기를 투사하는 것 같았습니다. 어질한 향기를 머금고 내리쬐는 빛줄기가 서가 맨 밑부분 쪽을 비추고 있었고. 그 빛이 손가락질하듯 가리키고 있는 곳에서 우연히 25년 전의 낡은 노트를 발견하게 되었습니다.

꽤 두꺼운 대학노트였는데 뽀얗게 내려앉은 먼지를 툭툭 털어내고 펼쳐보니 일기(日記)였습니다. 1992년 말부터 1993년 여름까지 매일은 아니었지만, 며칠 간격으로 써 놓은 일기 노트였으니 실로 16년이라는 세월의 더께에 묻혀 있던 추억의 조각들이 유물(遺物)처럼 제 눈앞에 펼쳐졌던 것이지요. 벚꽃 줄기 사이로 부서져 들어오는 봄볕을 조명 삼아 방바닥에 주저앉아 천천히 일기를 읽어 내려갔습니다. 이때는 아버님이 두 번째 뇌경색이 찾아와 사경을 헤매시다 병원에서

도 이제 취할 수 있는 조치는 다 해 보았으니 편안하게 집으로 모시
라는 의사의 권고대로 집에서 아버님을 모시던 때였습니다.

1992년 11월 24일

아버지는 하얀 시트 위에서 이파리처럼 가냘팠다. 이파리에도 눈
물이 있는 걸까? 아버지의 눈은 어느 상한 짐승의 그것처럼 무슨 말
을 애처롭게 하려 하신다. 입으로는 할 수 없는 그 어떤 말들을….
온통 흰색으로 칠해진 이 병동의 창가엔 스산한 시대의 바람이 스쳐
가고, 아버지는 저 세상에 반쯤은 영혼을 맡기신 듯, 또 자꾸 그렇게
눈물을 흘리신다.

1993년 5월 2일

침묵에도 소리가 있다. 새벽으로 두 시, 깜깜한 밤, 아버지의 두런
거리는 소리가 있다. 풍(風)의 예리한 비수가 아버지의 영혼에 정확
한 반분(半分)을 가했을까? 낙엽처럼 시든 몸뚱이, 하얀 종이처럼 슬
픈 두 눈, 아버지는 이 죽음 같은 시간, 무슨 말을 하고 싶으실까? 죽
음처럼 어두운 새벽, 아버지는 침대 위에서 잠 못 이루시고 가냘픈
이파리처럼 떨고 계신다.

일기는 아버지가 돌아가시던 1993년 6월 어느 날까지 계속되었는데 말씀도 하실 수 없고 음식도 식도를 뚫고 튜브로 유동식을 공급받으며 누워만 계실 수밖에 없었던 아버지는 새벽이면 잠을 못 이루시고 무슨 신음 비슷한 낮은 웅얼거림을 내셨었지요. 그런 아버지 곁에서 가슴이 무너지던 기억이 새삼 떠올라 자꾸만 저도 눈물이 났습니다.

이제 제 나이가 아버지가 돌아가시던 나이와 점점 가까워지니 그때는 몰랐던 아버지의 마음이 느껴집니다. 그리고 내가 우리 두 딸에게 해 주고 싶은 말들이 아마 그때 죽음을 앞에 두신 아버지가 젊은 아들이었던 저에게 하고 싶었던 말은 아니었는지 생각해 보는 것입니다.

"세상의 모든 것들은 다 지나가는 것이란다. 슬픈 일이나 좋은 일조차도 모두 다 흘러간다. 마치 강물처럼 말이다. 그러니 슬픔이 너를 사정없이 에워싸는 순간이 오더라도 너무 절망하지는 마라. 앞으로 흘러가는 강물을 바라보는 저 키 큰 미루나무처럼 말없이 안으로만 침잠하며 그 슬픔의 무게를 이겨내도록 해라. 이 세상 모든 것은 지나갈 뿐이다. 슬픈 일도 기쁜 일도 다 흘러갈 뿐이다. 하지만 이것만은 기억해라. 이 아버지는 너희를 사랑했다는 사실을."

서재 창밖으로 슬며시 고개를 내민 벚나무 가지 위에 눈부시게 하얗게 피어 있는 벚꽃 사이로 한 줄기 바람이 지나가고 있었습니다.

61
남한산성

남한산성 길을 걸었습니다. 눈에 보이는 나무들이 그 푸른 기운을 모자라지도 그렇다고 넘치지는 않을 정도로 흘리고 있는 산성(山城)의 4월은 인간이 누릴 수 있는 호사(豪奢)의 극치를 선물하는 계절인 것 같습니다. 꾸미지 않았기에 오히려 더 화려하고, 넘치지 않았기에 품격이 더욱 도드라지며, 요란한 자기과시의 언사가 없이 과묵하기에 오히려 더 웅변적인 봄날의 초목들 사이로 난 오솔길에서 온전한 햇빛을 받아낸 자들은 분명 알 것입니다. '행복'이란 물질의 충족에서 오는 것이 아니라 내밀한 마음의 평화에서 찾아오는 축복임을.

북문(北門)을 출발하는 남한산성의 등산로를 걷게 된 것은 무슨 거창한 등산 계획에 따른 것이 아니었습니다. 다음 날 있을 어떤 모임의 식사 자리를 답사한 후 예약한 식당 뒤란에 수줍은 듯 피어 있던 분홍색 겹벚꽃의 황홀한 자태에 이끌려 몇 걸음 올라간 것이 우연히 등산로로 접어들게 되었던 것이지요. 북문이 의젓하게 먼저 인사를 해왔습니다. 북문 안으로 들어가 아치 모양의 성문을 쌓아올린 돌들을 보았습니다. 통째로 이어 붙인 거대한 바위들은 모서리를 쪼개고 부순 자국도 없이, 마치 솜씨 좋은 목장(木匠)이 못을 비롯한 어떠한 쇠붙이도 쓰지 않고 나무들을 잇고 붙여 멋스러운 공예품을 만들어내듯, 원래 생긴 바위의 모서리를 마치 퍼즐 맞추듯 이어나간 것 같았습니다. 깊은 강물은 흐르는 소리가 들리지 않고, 진중한 사람일수록 경망한 언사를 자제하듯, 산(山)을 하나의 영물(靈物)로 생각했던 옛사람들은 산의 고요함을 애써 지키고 싶어했던 건 아닐까요.

키 큰 소나무들이 넉넉한 그늘을 드리우는 널찍한 등산로를 타박타박 걸어 올라가니 문득 저 앞에서 소설 《남한산성》의 작가 '김훈'이 은빛 자전거 바퀴살을 돌리며 내려올 것만 같았습니다. '봄이면 나는 자전거를 타고 남한산성에서 맨날 놀았다,'라던 그이의 말이 생각났기 때문입니다. 등산로 옆으로 울창한 나무들이 길동무가 되어 줍니다. 향기로운 소나무, 정겨운 느티나무, 의젓한 갈참나무, 또 수줍은 시골색시 같은 산철쭉의 하얀 자태도 곱고, 푸른 나뭇잎들 사이로 드문드문 노란 꽃들과 자줏빛 철쭉들이 도란도란 수런수런 오누이들처럼 모여 있습니다. 문득 하늘을 올려다 보니 푸른 하늘에 뭉게구름이 보입니다.

슬쩍 성곽의 뒤쪽을 고개를 내밀어 보니 여기에도 변함없이 봄꽃들과 나무들이 울창합니다. 하긴 사물이나 사람이나 그것의 참모습은 꾸미고 치장한 앞쪽보다는 있는 그대로의 질박한 모습을 보여주는 뒤태에 숨어 있는 법, 사람의 발길이 잘 미치지 않는 공간에서도 꿋꿋하게 나무와 꽃들은 자라고 또 피고 있었습니다.

다시 길을 오르니 오른쪽 비탈에서 산철쭉이 수줍게 웃고 있었습니다. 너도나도 온통 꾸미고 어떻게든 남들의 눈앞에 자신을 드러내려 하는 세상에, 이렇게 은근한 색깔로 산비탈 으슥한 곳에서 청탁(淸濁)을 가리지 않고 핀 꽃들의 은은한 아름다움을 만나게 되면 마음은 진정으로 부자가 된 느낌에 젖게 됩니다.

산철쭉의 하얀 꽃잎들이 봄바람에 고갯짓하는 모습을 보고 있노라니 문득 소월의 시 한 구절이 생각났습니다. "산에는 꽃피네, 꽃이 피네, 갈 봄 여름 없이 꽃이 피네." 누구나 산길을 걸어가다 수수하게 웃음 짓는 꽃들을 보게 되면 저절로 흥얼거리고 싶은 마음이 드는 그런 시들을 소월은 썼던 것이지요. 입으로 중얼거려 보아도 역시 절창(絶唱)은 절창입니다.

"산에는 꽃피네, 꽃이 피네,
갈 봄 여름 없이 꽃이 피네"

수어장대(守禦將臺) 쪽으로 오르는 나지막한 언덕으로 휘어져 돌아간 나무계단이 놓여 있습니다. 나무 그늘이 드리워진 저 계단 위로 얼마나 많은 사람의 발자취가 이어졌을까요? 얼마나 많은 인연이 저 나무계단 길 위에서 아련한 꿈들을 꾸었을까요? 잊혀 버린 사랑의 추억들은 또 얼마나 저 나무계단 위를 바람처럼 떠돌고 있을까요?

먼 훗날 당신이 찾으시면
그때의 내 말이 '잊었노라'

당신이 속으로 나무라면
무척 그리다가 '잊었노라'

그래도 당신이 나무라면
믿기지 않아서 '잊었노라'

오늘도 어제도 아니 잊고
먼 훗날 그때에 '잊었노라'

– 소월, 〈먼 훗날〉

소월은 천재적인 시인일 뿐 아니라 사람의 마음을 제대로 통찰한 시인이었던 것 같습니다. 특히 사랑하는 사람의 마음을. 수어장대로 오르는 산성길에서 또 문득 소월의 〈먼 훗날〉이라는 시를 떠올려 봅니다. 너무나 마음 깊이 새겨진 사랑이었으므로 "먼 훗날 당신이 찾으시면 그때의 내 말이 '잊었노라'"라고 반어법의 역설로 그 도저히 잊을 수 없는 당신에 대한 연모의 정을 그려낼 줄 아는 시인의 마음은 얼마나 고결한가요?

산성 아래를 내려다봅니다. 아련하게 펼쳐진 세상의 들판이 한눈 가득 들어옵니다. 그리고 한줄기 시원한 바람. 높은 데서 낮은 곳을 내려다보면 늘 마음이 너그러워지는 느낌이 들게 됩니다. 저토록 작게 보이는 세상에서 나는 무얼 바라 그렇게 부질없이 아웅다웅 마음에 숱한 생채기를 입으며 살아왔던가 하는 자괴감들. 모든 것이 한 줌 바람결에 묻혀 갈 뿐인데 말입니다.

산성을 되짚어 내려오는 길, 제 마음속엔 산성 길섶에 피어 있던 작은 붓꽃 하나가 피어 있었습니다.

62

통영 - 그 바다에 가면

　아르바이트하는 두 대학생 딸들이 시간을 낼 수 없다 하여 어쩔 수 없이 아내와 단둘이 가게 된 여름휴가 여행지를 망설이지 않고 경남 통영으로 정했습니다. 무엇보다 사진으로만 보던 통영의 쪽빛 바다가 그리웠기 때문이기도 하지만, 통영엘 가면 왠지 박경리 선생님의 《토지》에 나오는 길상이와 월선이의 애틋한 사랑이라든가 혹은 《김약국의 딸들》의 주인공들을 비릿한 바닷냄새가 서성거리는 통영 거리에서 문득 만날 것만 같은 느낌이 들었기 때문이기도 했습니다. 하지만 그보다 더 제 발길을 통영으로 이끌었던 것은 청마 유치환 시인에 대한 각별한 기억 때문이었습니다. 그분의 시를 통해 얻었던 따스한 위로와 희망을 기억하기 때문입니다. '에메랄드빛 하늘이 환히 내다뵈는 우체국 창문 앞에서 너에게 편지를 쓴다'는 시구 하나를 가슴에 비밀스러운 보물처럼 간직하고 파란 하늘이 눈부시게 쏟아지던 가을을 자랑스럽게 지나던 제겐 늘 청마가 태어났다던 통영이 사무치도록 가보고 싶었습니다.

박경리, 유치환, 윤이상, 김춘수…. 숱한 예술가들을 길러낸 통영의 앞바다에 서 보았습니다. 점점이 수도 없이 뿌려진 크고 작은 섬들, 망망히 펼쳐진 남해의 푸른 바다, 세상의 모든 아름다운 것들 앞에 서면, 그 말로 다할 수 없는 경외감에 가슴이 먹먹해져 옵니다.

해안일주도로를 통해 달아공원에 올랐습니다. 멀리 올망졸망한 섬들이 눈에 들어오고 남녘의 시원한 바람은 마치 아폴리네르의 스카프처럼 얼굴을 황홀하게 감싸고 돕니다. 전망대를 내려와 한국에서 가장 아름답다는 길을 따라갑니다. 오른쪽엔 푸른 바다, 왼쪽엔 무성한 소나무숲……. 아침부터 차를 다섯 시간여 달려온 아득한 거리, 해가 지고 호텔에 여장을 풀었습니다. 호텔 창문 밖으로 또 바다가 보입니다.

'통영의 운명은 바다이구나.'

장거리 여행에 피곤했던지 아내는 이내 잠에 빠져듭니다. 늦은 밤, 혼자 베란다로 나갑니다. 여행 가방에 챙겨 온 무라카미 하루끼의 《해변의 카프카》를 펼칩니다. 책 속의 활자들이 스멀스멀 살아서 가슴으로 파고듭니다. 바로 눈앞에는 검은 통영의 밤바다가 일렁거리고 무언지 모를 느낌, 기쁨이라 해야 할지 슬픔이라 해야 할지, 아니면 낯선 곳에서 맞는 객창감(客窓感)이라 해야 할지, 정체 모를 감상(感想)이 파도처럼 찾아옵니다.

다음 날, 유람선을 타고 섬 순례에 나섰습니다. 한산도를 중심으로 크고 작은 섬들을 일주한 후 이순신 장군이 임진왜란 당시 해전을 지휘하던 제승당에 내립니다. 바닷바람을 맞고 서 있는 해송(海松)들이 싱그럽습니다. 장군이 '한산섬 달 밝은 밤에……' 시조를 읊으며 외로운 밤을 지새웠을 성루에 올라 바다를 내려다보니 문득 김훈의《칼의 노래》가 생각납니다. 예나 지금이나 시(詩)란 외로운 자들의 노래일 것 같습니다.

　섬 일주를 끝내고 다시 뭍으로 올라왔습니다. 선창에서 회를 쳐서 먹고, 마치 통영의 공기와 바다와 집들과 그 향기로운 냄새와 예술혼까지 온 정신에 심어놓기라도 할 요량인 듯 구석구석을 다닙니다. 해 저터널을 아내와 손잡고 걸어보기도 하고, "청마생가는 이쪽으로 갑니더~~"하는 통영 사람 특유의 정겨운 사투리에 마음이 포근해지기도 하고, 하염없이 바다를 바라보며 그냥 서 있기도 했습니다.

　그리고 청마생가에 들렀습니다. 청마가 태어난 곳은 통영 시내 쪽에 자리 잡고 있었는데 마치 학창시절 짝사랑하던 여자애의 파란 대문집처럼 나지막한 언덕 위에 곱게 서 있었습니다. 가슴이 두근거렸습니다. 그 여자애의 대문에 섰을 때처럼. 아담하고 단정한 문학관 건물, 과연 숱한 예술인들의 고향답게 대문 하나에도 고상한 품격이 묻어납니다. 문학관 입구에서 방명록에 서명하고 안으로 들어갑니다. 시인의 친필 원고와 서신들, 색깔이 바랜 시집들, 그리고 한 쪽에 보이던〈행복〉이라는 시 앞에서 한참을 서성입니다.

문학관 바로 위에 자리한 생가는 소담스런 시골집입니다. 슬쩍 안채 뒤란 쪽으로 가 보았습니다. 사람이나 사물의 참모습은 뒤태에 있는 법이니까요. 아름다운 곳은 역시 그 뒤쪽도 은은한 향기가 풍겨옵니다.

여름 잠자리가 지천으로 날아다니던 청마문학관 앞 계단을 내려오며 제 마음은 오래도록 그립던 분을 만나 뵌 것처럼 뿌듯한 기쁨이 몰려왔습니다. 무려 30여 년 동안 가슴 속의 파도로만 닿으려 했던 그분과 오롯이 만났던 통영 여행은 아주 오래도록 기억에 남아 있을 것입니다.

아름다움이라 해도 좋을 슬픔

 세월의 강(江)은 늘 굽이쳐 가지만 강물의 흐름은 항상 같은 자리였던 것처럼 보입니다. 이것은 마치 이 세상이라는 곳에서 모든 물상(物象)들이 생겨나고 또 스러져가지만, 그 알 수 없는 심연(深淵)의 밖에서는 하나의 균일한 풍경으로 보이는 것과도 같습니다. 무연히 흘러가는 강 같은 세월을 바라보는 사람의 시선도 그냥 그대로 유장(悠長)한 강물을 닮으면 좋으련만 어쩔 수 없이 세월은 추억을 낳고 또 추억은 슬픔에 가까운 아름다움을 흩뿌려놓습니다.

 언제부터인가 제겐 그 가을날의 풍경이 하나의 박제된 동물의 시선처럼 늘 의식의 변두리를 떠나지 않고 서성이며, 숨겨진 상처가 궂은 날 새록새록 돋아나듯 기억되는 날이 있습니다. 마치 제 영혼의 모태라도 되는 듯, 아주 포근하고 한없이 편안하며 끝없는 평화로움 속에 머물게 하는 그날 그 풍경이…….

여름빛이 스러지던 9월 초입, 서울 어느 변두리 동네 사거리 약국 앞, 수런거리며 바람을 맞고 서 있던 가로수들, 그리고 짙은 하늘색으로 뒤덮인 하늘. 저는 그때 천막을 치고 여름을 나고 있었습니다. 곤고한 젊은 날의 핍진한 삶 속에서 어떻게든 삶의 끈을 부여잡고 살아가야 했던 시절이었습니다. 세상에서 가장 외롭고 가장 쓸쓸하고 가장 배고프고 또 가장 그리움에 사무쳤던 열여덟 살이 바로 '나'일 것만 같았던 삶의 가파른 언덕에서, 그날 제 머리 위로 부서지던 가을빛과 파란 하늘 – 추억이라는 나무에서 떨어진 고운 낙엽 한 장처럼 그 푸르던 하늘은 제 마음의 책갈피에 갈무리되어 해마다 가을이 오면, 그래서 또 푸른 하늘 아래 서게 되면 가슴 속에 어느덧 푸른 하늘이 들어차 말할 수 없는 슬픔 혹은 아름다움에 젖게 됩니다.

　아름다움이라 해도 좋을 슬픔, 혹은 슬픔이라 해도 좋을 아름다움이…….

64
골목길

그 골목길은 좁을 뿐만 아니라 온종일 응달이 지는 음습한 곳이었습니다. 남루한 가옥들에 가려진 해 그림자가 운명처럼 아침부터 우울하게 드리워져 있다가 해가 지고 밤이 되면 자연스레 어둠 속에 묻혀 버리는, 그런 조금은 쓸쓸하고 또 조금은 슬픈 골목길이었습니다. 가끔 들개처럼 생긴 수상쩍은 생김새의 개들이 고개를 주억거리며 지나가기도 하고 한낮에 잠에서 깬 갓난아이의 자지러지는 듯한 울음소리가 가파르게 들려오기도 했던 작은 골목길.

아득한 유년의 기억 속에 자리 잡은 그 골목길을 생각할 때마다 가슴 속엔 늘 자작나무 숲을 스쳐 지나가는 바람이 불어왔습니다. 그리고 그 골목길에 연이어 있던 남루한 가정들의 빼꼼히 열린 비스듬한 문안으로 보이는 슬프다고밖에 표현할 길이 없는 올망졸망한 살림살이들이 보이기도 합니다. 살아가는 일이 결국은 가슴 아프도록 절절한 일이었음을 그 유년의 골목길은 불현듯 악몽처럼 찾아와 의식을

헤집어 놓고 가버리곤 합니다.

가끔은 아주 조그만 손수건만 한 햇살조각이 골목길 회색 담벼락에 걸려 있던 걸 본 적이 있는 것도 같습니다. 왠지 그 햇살 속이라면 몇 년을 앓아 곪은 상처도 안개가 걷혀가듯 슬그머니 아물 것만 같았습니다. 어떤 때는 길가에 떨어진 사금파리를 주어 담벼락에 잠시 새겨진 그 햇살을 비추어 보기도 했었습니다. 태양의 분신은 온 세상에 강하고도 균질하게 편재해 있어서 사금파리의 몸 안에서도 그 날카로운 광휘를 눈부시게 새겨놓고 있었습니다. 마치 은빛으로 빛나는 물고기의 비늘처럼.

얼마나 많은 바람이 그 골목길을 스쳐 지나갔는지 또 얼마나 많은 삶이 그 골목 언저리에서 머물다 갔는지 알 길이 없습니다. 그러나 분명한 것은 세월이 또 추억처럼 아득하게 흘러도 우리가 안고 가는 삶이라는 무게가 결국은 그 골목길 풍경과 크게 다르지 않다는 깨달음입니다. 지혜로운 자는 평범한 나무 아래에서도 삶의 비의를 찾아낼 수 있지만, 지혜는 이름 모를 밭에 숨기어진 보물과도 같은 것이라서 덜 지혜로운 자들은 온 밭을 헤집고 다니는 수고로움의 끝물에서만 간신히 찾아지는 것일지도 모릅니다. 머리엔 세월의 면류관인 흰머리의 영광을 쓰고서야 말입니다.

생각해 보면 우리가 걸어가는 이 거친 들판과 같은 세상에는 얼마나 많은 슬픔이 켜켜이 숨겨져 있는지, 누군가는 울며 서러워했고 누군가는 무관심한 듯 스쳐 지나났고 또 어떤 다른 이는 과장된 몸짓으로 호기 있게 걸어가기도 했지만, 또 세월이 구름처럼 흘러보시라. 간신히 담벽에 머물렀던 햇살 한줌을 감기약처럼 마시며 걸어가는 이 생명의 길이란 것이 결국은 하루종일 응달지던 그 유년의 작은 골목길을 얼마나 닮아있는 것인지…….

65

나무 - 그 품에 안기다

제가 사는 경기도 분당에는 두 개의 큰 공원이 있습니다. 하나는 말 그대로 분당 중앙부에 자리 잡고 있는 중앙공원이고 또 하나는 약간 변두리에 있는 율동공원입니다. 다른 얼굴과 성격을 지닌 두 사람처럼 두 공원은 그 느낌과 정취가 조금씩 다릅니다.

그런데 저에게는 집 뒤에 나 있는 오솔길을 오르면 오래된 친구처럼 말을 걸어오는 나무들의 은근한 손짓을 느낄 수 있는 율동공원의 한적함도 좋지만, 때론 이런저런 인공적인 조형물과 널찍한 공간, 풍선처럼 밝은 아이들의 표정이 어우러진 중앙공원의 정취도 제 발길을 끌 만했습니다.

어느 날인가 중앙공원 광장에 들어서니 '그린피스(Greenpeace)'라는 단체에서 주관하는 나무 사진전 - 나무, 그 품에 안기다 -이 열리고 있었습니다. 나무를 주제로 갖가지 사진들이 전해 주는 그 묵묵한 메시지에 감탄의 눈길을 보내던 차에 눈에 띄는 한 작품 앞에서 발길을 돌릴 수가 없었습니다. 바로 프랑스 사진작가인 '해리 그뤼아트'의 사진이었습니다.

멀리 포근한 마을 풍경이 눈에 들어오는 산등성이에 놓여있는 벤치에 앉아있는 한 여인과 두 그루의 커다란 나무 – 벤치와 나무 그림자가 길게 드리워진 것으로 보아 해 질 녘인 것 같습니다. 벤치에 앉은 여자의 표정은 보이지 않지만 이미 완벽한 구도와 사진에 스며든 신비한 빛의 실루엣만으로도 충분히 그 표정을 짐작할 수 있었습니다.

인간은 고달픈 삶의 수레바퀴 속에서 울고 웃고 부대끼며 어쩌면 한없이 덧없고 허무한 세월의 강을 건너고 있지만, 이양하 시인이 '위대한 견인주의자(堅忍主義者)'라고 했던 '나무'는 늘 같은 자리에서 말 없는 위로의 손을 내밀고 있습니다. '눈이 오면 눈길을 걸어가고, 비가 오면 빗길을 걸어가는' 묵묵한 친구처럼 사진 속 두 그루 나무는 오랫동안 고향을 떠나 세상사의 온갖 번잡에 숱한 상처를 입고 아파하는 친구의 어깨를 따스한 손으로 어루만지는 것만 같습니다.

한 여인이 산등성이에 놓인 의자에 앉아 저 멀리 마을의 풍경을 바라보고 있습니다. 그곳에는 그녀의 일상과 가족이 있고, 그리고 어쩌면 지나온 과거도 어딘가에 묻혀 있을 것입니다. 하나둘 나이를 먹어 가며 여인은 이따금 숲으로 와 나무 곁에 앉을 것입니다. 시간이 좀 더 흐른 후에는 나무 둥지를 껴안고, 누군가의 죽음을 슬퍼하며 흐느껴 울지도 모릅니다. 그럴 때마다 나무들은 그녀의 기쁨과 행복과 슬픔을 묵묵히 받아줄 것입니다. 그녀가 다시는 찾아올 수 없는 시간이 와도, 나무는 그녀가 묻혀 있을 저 멀리 어딘가를 바라보며 그녀를 기억할 것입니다.

사진전을 보고 난 후 공원 산 중턱 한적한 곳에 서 있는 소나무 그늘에서 한참을 서 있었습니다.

66

목련꽃 그늘 아래서

목련이 솜처럼 하얗게 정원의 담벼락 너머를 기웃거릴 때면 늘 봄(春)은 이미 우리 가슴 한복판을 지나고 있습니다. 개나리 진달래가 야산에 지천으로 피어 세상에 봄이라는 계절을 요란스레 알리는 철없고 수다스러운 처녀애들을 닮았다면, 목련은 대문이 예쁜 주택 담 언저리에 오는지 가는지 모르게 시나브로 꽃봉오리를 피워 내다가 울컥 하얀 꽃들을 만개하면서 한(恨)을 토해 내는 자태가 마치 마흔 고개를 넘어선 중년부인과 비슷합니다.

그런데 목련이 겨우내 움츠리고 있다가 살랑살랑 불어오는 봄바람에 봉우리를 틔울 때쯤이면 공연히 마음이 불안해집니다.

"저렇게 화사하게 피었지만 금방 뚝뚝 잎들을 떨구면서 스러질 텐데."

꽃이나 모든 생명 있는 것들은 숙명처럼 '피면 반드시 지고 마는' 창조주의 섭리에 순응하는 법이지만, 모든 아름다운 것들은 오히려 사라진다는 사실 때문에 더욱 아름다울 수 있는 듯합니다.

예쁘게 피어난 꽃들, 꼭 잡고 놓치고 싶지 않은 행복한 순간들, 마음에 환희가 새벽 공기처럼 부풀던 시간, 사랑하는 사람과의 굳은 맹세, 새들의 즐거운 지저귐 소리, 자작나무 숲에 피어오른 아련한 안개……. 이 세상에 아름다운 것들일수록 우리 곁에 머물러 있는 시간이 턱없이 짧다는 슬픈 사실을 기쁜 마음으로 이겨 내기 위해서 우리는 이 세상을 바라보는 눈을 새처럼 자유롭게 더 높고 더 멀리 두어야 할 거라는 생각이 듭니다.

창가에 피어난 목련은 자신이 스스로 유한하다는 사실을 알고 있기에 피어 있는 순간만큼은 이 세상에서 가장 아름다운 자기만의 빛깔로 무한한 우주공간의 한 작은 공간에서 최상의 것을 보여 줍니다.

우리의 삶도 그러해야 하리라는 것. 비록 우리의 육신이 스러져 어느 이름 없는 산의 흙으로 화(化)한다 하여도, 우리는 저 목련꽃처럼 우리의 영과 육의 가장 거룩하고 가장 아름다운 빛을 발하며 살아야 한다는 것. 새삼 목련꽃 위를 새처럼 높이 오르고 싶습니다.

유한의 불안을 이겨내는 그 눈부시고 아름다운 높이까지…….

67

당신 얼굴에는 세월의 강이 흐르는 것 같애

아내가 감기몸살에 걸렸습니다. 평상시 잔병치레를 거의 하지 않는 아내지만 일 년에 한 번씩은 무슨 연례행사처럼 며칠을 자리에 누워 끙끙대며 요란스럽게 몸살을 앓곤 합니다. 이번에도 평소처럼 며칠을 그렇게 자리보전을 하고 나더니 오늘 오후에는 안방 침대에서 나와 거실 소파에 비스듬히 앉아 티브이를 보기도 하고, 베란다에 놓인 화분에 물을 주기도 하면서 거동을 합니다. 얼굴은 몸살 후유증으로 핼쑥한 채 말입니다.

"뭐 맛있는 거 좀 먹으러 갈래?"

아내는 며칠 동안 밥숟가락을 드는 둥 마는 둥 끼적거리더니 이제는 기운이 나려는지 배가 고프다며 흔쾌히 따라 나섭니다. 두 딸아이는 중간고사 준비로 정신없이 바쁘니 결국 우리 둘만 단골 파스타 집으로 갔습니다. 그 파스타 전문식당은 독특하게도 식당 내외를 온통 화분과 꽃으로 장식하여 때로는 식당에 온 것인지 화원에 온 것인지 구분이 안 될 정도입니다. 아무튼, 우리는 테이블에 마주 앉아 늘 먹던 대로 파스타와 샐러드를 주문했습니다.

아내는 머쓱한지 씩 웃습니다. 웃는 눈가에 편안한 주름살이 보이고 흰머리도 살짝 몇 개 눈에 들어옵니다. 아내 뒤편에 화사하게 장식을 한 봄꽃들을 배경으로 아내 얼굴을 그렇게 찬찬히 들여다보자니 갑자기 가슴 한쪽이 뭉클해졌습니다.

"그래, 20년 가까운 세월을 내 곁에 있어준 당신도 이제 나이가 들어가는구나. 20년 전의 당신은 저기 화사하게 핀 봄꽃처럼 눈부시게 아름다웠는데. 그동안 아이들을 키우고 또 내 뒷바라지를 하느라고 그 꽃 같던 얼굴에도 주름이 피어가는구나."

아내의 얼굴을 바라보며 이런 생각을 하며 아내에게 말합니다. "우리 단둘이 오니까 참 좋네. 당신 생각나? 학교 후문에서 두 번째 만나 오렌지 주스 마시던 그날?"

아내도 나의 혼자 생각을 짚었는지 배시시 웃습니다. 문득 속절없이 흘러가 버린 세월에 가슴이 다시 뭉클해지며 여태까지 나와 함께해 주어서 고마운 생각이, 아이들을 잘 키워 주어 고마운 생각이, 또 앞으로 남은 세월을 그림자처럼 나와 함께 해 줄 것에 대한 고마운 생각이, 그렇게 고맙고 감사한 생각만이 하염없이 밀려들어왔습니다.

1994년에 나온 〈포레스트 검프(Forrest Gump)〉라는 영화는 '톰 행크스'가 주연을 맡아 아이큐 75의 저능아 역할을 합니다. 바보처럼 뛰라면 세상 끝까지도 뛰고, 끝까지 죽음을 무릅쓰고 전우를 돌보고, 홀어머니의 사랑을 끝까지 고마워하고, 바보처럼 홀로 남아 끝까지 아이를 돌보고, 바보처럼 절대 거짓으로 사람을 대하지 않는 포레스트 검프 이야기……

저는 무엇보다 이 바보 주인공이 사랑을 대하는 태도에 크게 감동하였습니다. 의붓아버지의 폭행에 치유될 수 없는 상처를 입은 여자(제니)를 끝까지 돌보며 마약과 히피 문화에 빠져 방황하는 그녀를 끝까지 참고 기다려 주는 그의 우직한 순정이 너무도 귀하게 생각되었습니다.

젊었을 때는 사랑이란 열렬하게 타오르는 감정의 소용돌이인 줄만 알았습니다. 하지만 나이를 먹을수록 사랑이란 감정이 아니라 의지임을 점점 더 강하게 깨닫게 됩니다. 끝까지 돌봐 주고, 끝까지 믿어 주고, 끝까지 참아 주고, 끝까지 아껴 주고, 끝까지 사랑하려는 내면의 강한 의지, 그게 바로 진정한 사랑이 아닐는지.

파스타를 먹고 돌아오는 차 안, 아내의 옆모습 너머로 봄빛이 고왔습니다.